Renate Sültz & Uwe H. Sültz

Schicksal, Liebe, Schmunzel & Co.

BoD- Books on Demand

Norderstedt 2016

Bibliografische Information durch die
Deutsche Nationalbibliothek

Die Deutsche Nationalbibliothek
verzeichnet diese Publikation in der
Deutschen Nationalbibliografie; detaillierte
bibliografische Daten sind im Internet über
http://dnb.dnb.de abrufbar.

Herstellung und Verlag:

BoD – Books on Demand, Norderstedt

ISBN 9-78383-9-14864-8

Inhalt:

Die Liebe am Strand von Malibu

Ich wanderte in ein anderes Land aus.
Geistig war ich relativ jung geblieben und
mein Äußeres konnte ich ohne Bedenken
zeigen. Mein bisheriges Leben war aus den
Fugen geraten. Daher wollte ich mir eine
neue Existenz aufbauen. Von dem Geld, das
ich während meiner grauenhaften Ehe
zusammengespart hatte, kaufte ich mir ein
wunderbares Strandhaus. Wenn ich am
Strand entlang lief, flatterten meine langen
schwarzen Haare im Wind. Oft wälzte ich
mich übermütig im Sand und kam jedes Mal
dem Wasser so nah, dass mein dünnes Kleid
nass wurde. Meine makellose Figur war
durch das nasse Kleid zu sehen. Mit mir und
der Welt wieder zufrieden, legte ich mich
im gelben Bikini in meinen Liegestuhl. Ich
war Autorin. Meine Bücher wurden gern
gelesen und viel verkauft. Ich schrieb bei
jeder Gelegenheit, denn davon gab es viele.
Zeit spielte für mich keine Rolle. Ich hatte
genug davon. Die Sonne bräunte meine von
Natur aus braune Haut noch mehr. Meine

Nachbarn waren schon älter, besaßen auch ein Strandhaus und spielten regelmäßig Strandball. Oft fuhren sie mit dem Segelboot hinaus. Nicht unbedingt mein Ding. Ich hatte einfach keine Lust auf Kommunikation, wollte nur meine Ruhe haben. Viele Jahre musste ich mich vor meinem verstorbenen Mann verkriechen, ich hatte Angst vor ihm. Sein laut dröhnendes Organ hatte ich noch lange in den Ohren. Nun aber war alles gut, ich musste unbedingt zu mir finden, mich ordnen, meine Gedanken wieder auf die schönen Dinge richten. Ich versuchte es jeden Tag. Doch es fehlte etwas ganz Entscheidendes. Die Liebe und Zärtlichkeit, die ich nie erfahren hatte. Ich wollte ohne diese Gefühle nicht mehr durchs Leben gehen. Aber was sollte ich nur tun? Ich konnte mir doch keinen Partner aus dem Meer fischen. Meine Nachbarn Elli und Steve Baker hatten einen Sohn. Ich konnte nicht anders und musste ständig an ihn denken. Eigentlich wollte ich keinen Mann mehr kennenlernen. Aber Dan sah verdammt gut aus, war im richtigen Alter und hatte alles, was eine Frau sich wünschen konnte. Oft kam er unter einem Vorwand zu mir. War doch eindeutig, dass er mich kennenlernen wollte.

Eines Tages sagte er zu mir: „Dana, willst du meine Freundin werden? Ich meine richtig, du weißt schon." Abgeneigt war ich nicht und willigte ein. Das Leben war herrlich, keine Sorgen und Probleme waren zu wälzen und die Sonne schien immer. Mal lagen wir am Strand, dann trug Dan mich hinauf, wenn die Sonne unterging. Wir liebten uns in meinem Haus, das eine riesige Terrasse zum Meer hatte. Dann aber kam Dan nicht mehr. Bisher war er jeden Tag bei mir gewesen. Ich konnte es nicht fassen. Ich ging hinüber und klopfte an die schwere Eichentür der Bakers. Sie verbarrikadierten sich seit einiger Zeit. Zu oft wurde eingebrochen. Dans Vater kam zur Tür. „Ja, bitte?", sprach er in einem nervösen Tonfall. „Ich bin Dana aus dem Nachbarstrandhaus", sagte ich, „was ist mit

Dan los? Ich sehe ihn nicht mehr." Der Vater antwortete: „Dan hatte einen schweren Unfall, wissen Sie das denn nicht? Er lag bewusstlos am Strand, man fand ihn am späten Abend und brachte ihn ins Krankenhaus. Das Schlimmste ist, er hatte sich die Pulsadern aufgeschnitten. Viel Blut ging verloren. Nun ist er auf dem Weg der Besserung, will aber mit keinem sprechen." „Wissen sie denn, warum er das tat?", fragte ich ihn. „Ja, er hat seine gesamten Ersparnisse verloren. Seine Bank hatte das Geld in die falschen Geldanlagen investiert und dann war von heute auf morgen alles weg." „Und jetzt?", fragte ich. „Kann man ihn besuchen?" „Ja, das können Sie. Aber wundern Sie sich nicht, wenn er Sie nicht sprechen will." „Wir werden sehen", meinte ich und machte mich mit meinem Strandbuggy auf den Weg zum Krankenhaus. Ich ging hinauf. Die zuständige Krankenschwester versuchte mich abzublocken. „Bitte lassen Sie mich zu Herrn Baker, ich muss mit ihm reden, ich bin seine Verlobte." „Ja, Sie dürfen zu ihm",

sagte die Schwester. Dana öffnete
vorsichtig die Tür, ging hinein und sah, dass
Dan sehr blass war. Anders gesagt, er sah
schlimm aus. Dan hob seinen Blick und
schaute Dana direkt in die Augen. „Ich habe
alles verloren Dana. Ich wollte dir was
bieten, du solltest alles von mir bekommen.
Nun bin ich arm." „Erstens kannst du nichts
dazu und zweitens ist Geld nicht alles im
Leben", sagte Dana. „Bitte bedenke, dass
ich dich sehr liebe, auch ohne Geld. Das was
ich habe, wird für uns beide reichen und wir
müssen auf nichts verzichten. Bitte lass den
Kopf nicht hängen." „Ja, Dana, mittlerweile
habe ich mich wieder gefangen. In einigen
Tagen bin ich wieder bei dir." „Ich warte auf
dich Liebster", sagte Dana. Dan hatte
seinen aufwendigen Lebensstil nicht mehr
halten können. Das war ihm aber egal, denn
seine Ansicht vom Leben, hatte sich
grundlegend geändert. Dan und Dana
haben Wochen später geheiratet. Eine
Strandhochzeit. Alle aus den
Nachbarhäusern waren eingeladen. Sie
feierten und nichts erinnerte an Dans

Selbstmordversuch. Ein glückliches Paar wohnte nun am Strand von Malibu in einem wunderschönen Haus mit einer riesigen Terrasse, einem roten Sofa, auf dem sie sich liebten, wenn Dan sie nach dem Sonnenuntergang hinauf getragen hatte.

Da müssen wir alle durch

Jack war sein Leben lang ein Ganove, er betrog bei allen Geschäften, er war Geldeintreiber, ja, er tötete sogar. Es war 1933, dieses Mal ging Jack in eine Falle. Jack öffnete die Pendeltür der Bar Rocky in Rom, es war nach ein Uhr, der letzte Gast war gegangen. Wie in jedem Monat, erpresste

Jack eine Million Lire von Gastwirt Enzo. Für Enzo reichte es hinten und vorne nicht. Seine drei Kinder und seine Frau Roberta sparten, wo sie nur konnten. Aber Jack war erbarmungslos, forderte jeden Monat das Geld. „Sonst geht die Hütte wieder in Flammen auf!", lachte Jack jedes Mal. Nur dieses Mal nicht, es gab kein Geld, es gab blaue Bohnen. Roberta nahm den Colt aus dem Tresor und drückte einfach ab. Jeden Monat nahm sie es sich vor, betete zu Gott: „Gib mir die Kraft das zu tun und vergib mir, Gott, bitte!" Jack zog das MG unter dem Mantel hervor und schoss fallend umher. Drei Kugeln trafen Roberta. Maria war eine Krankenschwester in Madrid. Sie opferte sich für kranke Menschen auf. Maria wurde als junge Frau vergewaltigt. Sie ging ins Kloster, hier wurde sie zur Krankenschwester ausgebildet. 82 Jahre ist Maria nun alt, ihr Gehör und die Augen lassen nach. Maria konnte den schweren Mercedes weder hören noch sehen. Alle Hilfe kam zu spät, Maria starb in den Armen eines heraneilenden Priesters. Fröhlich spielte die kleine Sonja im Vorgarten ihrer Eltern in einem Vorort von Paris. Es war ein herrlicher Frühlingstag im Jahr 1933. Am Nachbarhaus wurde fleißig gearbeitet. Für Sonja wurde es immer interessanter. Dachdecker waren am Werk. „Die können ja gut schnappen", dachte sich die Zehnjährige und kam der Bedrohung immer näher. Drei Mann waren am Werk. Von ganz oben bis zum Abfallcontainer warfen sie sich die Dachdecker die Ziegel zu. „Mädchen! Geh zurück, es ist gefährlich hier!", rief Dachdecker-Meister Cloude dem Mädchen zu. Da ist es passiert. Geselle Lois war abgelenkt, schnappte die Dachpfanne nicht ... Sonja konnte nicht gerettet werden. Das sind nur drei Beispiele von Menschen, die 1933 zum Himmelstor kamen und um Einlass baten. Petrus war wie immer viel beschäftigt. Alle, aber auch wirklich alle, studierte er gründlich und entschied dann über ihr Schicksal. Vor Maria stand ein etwa 32 jähriger Musiker. Maria kannte ihn sogar. Herrliche Klavierkonzerte gab er in Madrid. Eine großartige Karriere hatte er vor sich. Bei einem Konzert im Opernhaus erlitt Antonio einen Herzinfarkt. Antonio trat ohne Gage auf, alles sollte gespendet werden. Das Kinderheim freute sich jedes Mal, wenn Antonio persönlich vorbei kam, nun war er tot. „Antonio!", rief Petrus. „Antonio, du hast den Menschen so viel Gutes getan. Hast sie mit deiner Musik beglückt. Aber viel wichtiger war, du hast an die Menschen gedacht, die nichts hatten, du hast fast dein ganzes Geld gespendet. Ich lass dir die Wahl, möchtest du noch einmal auf die Erde, mit deinem Talent, mit deiner Begabung? Oder möchtest du durch das Universum reisen, die Geburten von Sonnen und Planeten beobachten, mit allen hier bei mir dein Wissen und deine Gefühle teilen?" Antonio entschied sich für ein weiteres Leben auf der Erde. „Na, das sind ja herrliche Aussichten", dachte sich Jack, der ebenfalls in der Reihe stand. „Maria!", rief Petrus. „Maria, dein Schicksal war hart. So vielen Menschen hast du geholfen. Babys zur Welt gebracht, Sterbende begleitet, warst immer da wenn du gebraucht

wurdest. Sage mir, was ist dein Wunsch?"
„Petrus, ich weiß es nicht, ich möchte
wieder helfen, aber mein Schicksal als junge
Frau war zu schlimm. Gib mir einen Rat,
bitte", schluchzte Maria. „Nun, Maria, dann
rate ich dir, geh einen ganz neuen Weg. Es
warten so viele Freunde auf dich. So viel
Schönes ist im Universum zu sehen. Auch
andere bewohnte Planeten, mit viel Gefühl
und Liebe. Ich lass dich durch die Pforte. Du
kannst als Geist jetzt, hier und überall sein.
Finde, wonach du suchst!", sagte Petrus.
„Das wird ja immer besser!", staunte Jack.
„Etwas Geduld, bitte", sagte Petrus. „Ich
bitte meinen Engel Elisabeth zu mir.
Elisabeth, hilf Roberta im Krankenhaus, dass
sie überlebt. Sie wurde von Kugeln
getroffen. Drei Kinder und ein lieber
Ehemann brauchen sie dringend." „So, nun
Sonja, bitte!", rief Petrus. „Kleine Sonja, du
hast noch alles vor dir, die Erde ist so
wunderbar. Ehepaar Hölzl in Österreich
erwartet bald ein Kind. Nimm diesen
Körper, in acht Monaten kommst du auf
diese Welt zurück!" – „Jack, nun zu dir!",

rief Petrus. „Ja, Petrus, ich habe schon gewählt!", sagte Jack. „Nein, du hast nichts zu wählen. Kleine Sünden lasse ich durchgehen. Jeder hat die Chance sich zu bessern, jeder kann ein guter Mensch werden. Aber du hast Menschenleben auf dem Gewissen. Acht Menschen nahmst du ihr Leben, nun nehme ich deine Energie. Du wirst ausgelöscht!" Jack war einfach verschwunden, nichts erinnerte an den Mörder Jack. Jahre später wunderten sich viele Konzertbesucher über einen achtjährigen jungen Künstler, der unübertreffliche Klavierkonzerte zum Besten gab, ganz ohne Noten lesen zu können, einfach so.

Das hat er nun davon

In Wien hatten wir ein riesiges Unternehmen. Unsere Firma stellte Wurstwaren für ganz Österreich und darüber hinaus her. Uns ging es gut, besser gesagt, wir waren reich. Die Millionen

häuften sich auf dem Konto und damit auch
die Affären meines Mannes Gerd.
Fremdgehen war für ihn zur Normalität
geworden. Nicht nur das, nein er tat es
offensichtlich, sodass ich sofort merken und
sehen konnte, was Sache war. Einmal war
es ein Mädchen aus dem Versand, dann
wieder eine Büroangestellte oder die
Kellnerin aus dem Pup an der Ecke. Kurz
gesagt, dieser alte Sack war sexbesessen.
Was bildete er sich denn ein? Schön war er
nicht gerade und über die anderen Dinge,
na ja, da möchte ich lieber nichts sagen.
Aber mit Geld ist ja bekanntlich alles
käuflich. Nur gut, dass wir keine Kinder
hatten. Verpflichtungen in der
Kindererziehung konnte ich nicht
übernehmen, denn ich arbeitete in der
Firma kräftig mit, war überall präsent und
eine kompetente Ansprechpartnerin für die
Angestellten. Mit meinen 55 Jahren sah ich
noch recht passabel aus. Ich nutzte aber nie
die Gelegenheit, dies auszunutzen. Obwohl
die Versuchung schon manchmal groß war,
zumal ich oft allein in den Urlaub fuhr.

Irgendwann hatte ich die Nase voll von dem Treiben meines Mannes. Der Kerl konnte es einfach nicht lassen, seine Geilheit auszuleben. Da er regelmäßig ein Herzstärkungsmittel einnehmen musste und zusätzlich noch Viagra schluckte, überlegte ich mir einen teuflischen Plan. Was wollte er eigentlich? Wollte er die ganze Welt befruchten? Eines Morgens, bevor er zum Frühstück kam, löste ich die dreifache Menge seines Herzmittels in etwas Saft auf und gab noch Sekt dazu. Ich fragte ihn anschließend ob er mit mir auf den Firmenerfolg der letzten Monate anstoßen wolle. Er willigte gern ein, denn in seinem Hinterkopf geisterte schon wieder die nächste Verabredung herum. Aber egal, es kam ja doch nicht mehr darauf an. Viagra brauchte er bald nicht mehr, das wusste ich. Kurze Zeit später sackte er bewusstlos vom Stuhl, fiel auf den Boden und war mausetot. Gott sei Dank, hatte er mir nicht den neuen Perser versaut. Ich hatte ihn um die Ecke gebracht, wie man so schön sagt. Das hatte er nun davon, dieser Scheißkerl. Der

Hausarzt stellte Herzstillstand fest und machte noch eine beiläufige Bemerkung: „Nahm er denn immer noch regelmäßig Viagra?" Er konnte sich das Schmunzeln nicht verkneifen, so schrecklich die Situation auch war. Die Trauerfeier fand nur im engsten Kreis statt. Aber erst als er schon verbuddelt war. Einen teuren Sarg und einen Marmorgrabstein sparte ich mir. Ich machte lieber einen schönen Urlaub von dem Geld. Ich war wieder glücklich, die Firma lief auch ohne ihn bestens. Leider bedachte ich nicht, dass ich eine Doppelgruft vor seinem Ableben gekauft hatte. Selbst, als ich krank wurde, verschwendete ich keinen Gedanken daran. In meinem Testament bedachte ich meine Schwester und wohltätige Vereine mit ins Erbe. Aber meine Beerdigung sollte etwas Besonderes werden. Alle waren da. Freunde, Geschäftspartner und noch ein paar andere Leute, die ich nicht kannte. Ein Meer voller Blumen – meine Lieblingsblumen – und die Musik wurde gespielt, die ich vorher festgelegt hatte.

Elvis sang, es war toll. Nun war es soweit.
Sie ließen meinen schweren Eichensarg
langsam hinunter. Eine schlimme Situation
für mich. Nicht etwa, dass ich mich hier
einquartieren musste, nein. Er lag neben
mir, welch ein Ekel. Sein billiger
Sperrholzsarg war schon
auseinandergefallen, sein Körper von
Maden durchfressen. Ein Teil von ihm war
noch relativ unversehrt. Noch nicht einmal
die Maden hatten Interesse daran. Aber
gut, ich war erst mal in Sicherheit in meiner
Eichenbehausung und er hatte es nicht
besser verdient, dieser sexgierige Sack. Für
Geld konnte er sich alles kaufen. Nun ist es
gut so, wie es ist. Brrr es ist ziemlich kalt
hier unten, schade dass es noch keine
beheizten Särge gibt! Hi, hi, hi…

Depression

Fred hatte seine Mutter nicht wirklich
verstanden, er konnte es auch gar nicht,
denn man muss schon ein Experte sein, um
sich mit einer Depression auszukennen. Und
doch hörte er sich immer alles an, was
Mutter zu sagen hatte. Er sprach ganz ruhig
mit ihr, wollte für eine Vertrauensbasis
sorgen. Mutter sagte zu ihrer besten
Freundin: „Ich bin immer sehr froh, wenn
Fred zu mir kommt. Die anderen sind so
hektisch und verlangen, dass ich auf andere
Gedanken kommen soll. Aber das geht doch
einfach nicht." Im Laufe der Zeit, die
Gespräche wurden intensiver, erhielt Fred
eine Vorstellung davon, was in seiner
Mutter vorging. Er verstand immer mehr
ihren Gemütszustand. Er las die Wünsche in
ihren Augen. Immer tiefer tauchte Fred in
diese andere Welt ein. Fred hatte einen
guten Job, er war erfolgreich. Und dann
kam, was Fred nie für möglich gehalten
hätte, denn Fred war ein charakterstarker
und lebensbejahender Mann, er fiel in eine

Depression. Auslöser war der Tod seiner Frau, mit der er über dreißig Jahre durch dick und dünn ging. Kurz darauf folgte auch noch die Kündigung im Job. Und dann kam es immer näher und näher. Anfangs tat er es noch als ein Unwohlsein ab. Aber es war mehr. Plötzlich konnte Fred am eigenen Körper und im eigenen Geist erfahren, was Depression bedeutete. Heute fiel er in ein Loch, morgen war er wieder obenauf, ganz langsam schlich sich eine innere Unruhe an. Negative Gedanken kamen auf; früher konnte er seine Gedanken steuern, im richtigen Augenblick abschalten, zu einem anderen Zeitpunkt einschalten. Probleme zum richtigen Zeitpunkt zu lösen, das war Freds Stärke. Auch für andere war er immer bereit. Plötzlich waren Gedanken da, die ihn hinunterzogen. Lohnte sich das Leben noch? Wozu sollte er die Wohnung säubern? Der Pullover musste nur warm sein, wie er aussah, spielte doch keine Rolle! Warum sollte er heute überhaupt aufstehen? Fred empfand das Leben als sinnlos. Morgens bekam er Brechreiz. Schon die Zahnbürste im Mund verursachte eine Übelkeit. Seine geliebten Eier mit Speck mochte er überhaupt nicht mehr. Fred zitterte am ganzen Körper, er wollte sich einfach nur verkriechen. Früher, als seine Frau noch lebte, war er morgens fit. Heute zog Fred sich die Bettdecke höher, verdunkelte das Zimmer und zog sich zurück in seine Träume und Gedanken der Vergangenheit. Er wusste von seiner Mutter, dass auch dieser Zustand nicht lange anhalten würde, demnächst würden die Gedanken über ihn herrschen. Die tägliche Arbeit verrichtete Fred mit Widerwillen, auch dazu wusste er, dass er bald völlig gleichgültig werden würde. Aus einem guten Glas Wein, würden bald einige Gläser werden. Früher wachte Fred nachts auf, drehte sich um, hörte das Schnorcheln seiner Frau und schlief mit guten Gedanken wieder ein. Heute lag er lange wach, die Gedanken steuerten ihn. Ein Teufelskreislauf sollte beginnen. „Stopp!", schrie er eines Tages. „Wie habe ich meiner Mutter geholfen?" Und nun hielt sich Fred an die eigenen Ratschläge, die er seiner Mutter und anderen lieben Menschen gegeben hatte. Er öffnete die Fenster, atmete tief durch, sah den Sonnenaufgang. Jetzt rief er seinen alten Schulfreund Bernd an. Er zwang sich, aus dem Haus zu gehen, suchte die Kommunikation. Er ließ das Radio spielen, den ganzen Tag, aber ein Sender mit Moderation musste es sein. So hatte Fred auch das Gefühl, dass er nicht allein auf dieser Welt war. Es dauerte noch sehr lange, bis Fred sich wieder ganz gefangen hatte. Nun wohnte er in einer anderen Stadt, im Café um die Ecke war er ein gern gesehener Gast. Auch hatte Fred eine neue Aufgabe für sich entdeckt. Er nahm an Seminaren für die begleitende Seelsorge teil. Er war prädestiniert dafür, andere zu verstehen, zuzuhören, Ruhe zu vermitteln und vor allem, sich selbst zu verstehen. Es war eine höchst verantwortungsvolle Tätigkeit, denn Menschen in Not sollten und wollten nie allein gelassen werden.

Die große Chance

Mein Weg führte mich durch Indian Springs, einer kleinen Ortschaft in Nevada. Ich hatte an diesem Tag bereits über 1.000 Kilometer abgespult, die Route 66 wäre mir lieber gewesen, aber mein Weg führte mich von Norden nach Süden. In meiner Aktentasche befanden sich Verträge, Schallplattenverträge, einige Künstler verlangten eben, die Verträge in ihrem Privathaus zu unterzeichnen. Na ja, sie konnten es sich noch erlauben, denn einige hatten nun wirklich keine Stimme. Aber das sollte nicht mein Problem sein, wenn ich einmal Plattenboss werden würde. Das würde jedoch wohl nichts mehr in diesem Leben werden. Die kleine Bar hatte noch geöffnet. Jetzt ein kühles Bier und etwas zu Essen, das wäre schön. Mal sehen, ob es in der Nähe noch ein Motel gab. Aber nicht in Bates Motel, der Film Psycho lief gerade in den Kinos, da würde ich jetzt lieber mit meinem Colt unter dem Kopfkissen schlafen. In Marindas Bar fand ich alles, was

ich suchte, mein Bier, vier Frikadellen und
gute Musik. Ja, wirklich, eine vorzügliche
Sängerin gab hier ihr Bestes. Mit jedem
Lied, das ich hörte, schmolz ich mehr dahin.
Da war dieses gewisse Extra in der Stimme,
etwas Erotisches, etwas Leises. Dann wieder
eine Kraft, eine Fröhlichkeit mit viel Power.
Ich fragte Lisa, die etwa fünfzigjährige
Wirtin eines verstorbenen Fliegers der Air
Force, ob sie mich mit der Sängerin bekannt
machen möchte. Mein äußeres
Erscheinungsbild war wohl sehr positiv,
denn die Sängerin kam in der Pause an
meinen Tisch. „Hallo, mein Name ist Diana,
Diana Miller", sagte sie. Wir plauderten die
ganze Nacht, immer in ihren Pausen
sprachen wir über Gott und die Welt. Diese
Frau faszinierte mich, ihr Gesang, ihre
Stimme, ihr Aussehen. Nicht, dass ein
falscher Eindruck entsteht, wir gingen um
fünf Uhr morgens zu ihr, ich suchte kein
Abenteuer, ich schlief auf ihrer Couch im
Wohnzimmer. Um zehn Uhr frühstückten
wir, ungeschminkt saß Diana am Tisch, bei
Ei und Toast mit Marmelade. Was für eine

schöne Frau! Würde ich sie wieder irgendwann sehen? Nach dem Frühstück fuhr ich nach Bakersfield. Wir verabschiedeten uns sehr herzlich. Bei jedem Kilometer, den ich in meinem Chevy fuhr, wurde mir immer klarer, was für ein Juwel Diana war. Ich hätte noch so viele Fragen, ich fuhr schneller und schneller, wollte diesen Vertrag mit John unter Dach und Fach bringen. Jahn war Country-Sänger, hielt sich für Johnny Cash, aber da lagen Lichtjahre zwischen. Mein Problem sollte es nicht sein, ich dachte nur noch an Diana. „Willst du einen Drink?", fragte John. „Danke nein, ich will deinen Vertrag noch heute nach Los Angeles bringen, damit du schnell an deine Aufnahmen kommst", antwortete ich. „Hey, das ist ja sehr korrekt, so liebe ich es als Star!", entgegnete er. „Du Loser", dachte ich mir nur. Die Verträge übergab ich in Los Angeles der Agentur, nun ging es mit Höchstgeschwindigkeit zurück zu Diana. Um acht Uhr abends saß ich in der Bar. „Hi, Lisa! Wann kommt Diana?", fragte ich. „Oh mein Gott, du weißt es noch nicht? Diana hatte einen Autounfall. Der Typ war betrunken, fuhr schnell wie ein Henker. Diana wurde durch die Luft gewirbelt, direkt in die Schaufensterscheibe von Bill's Eisenwaren", sagte Lisa weinend. Sofort fuhr ich die 250 Kilometer zum Krankenhaus in St. George. „Die Patientin hat tiefe Schnittwunden, einige Brüche und einen Schock", sagte der behandelnde Arzt. Tagelang saß ich an ihrem Bett, ich kündigte meine Stellung, ich suchte mir eine kleine Wohnung. Drei Monate vergingen, Diana lachte mich immer an, wenn ich zu ihr kam, aber sie konnte nichts sagen. „Was ist mit ihren Stimmbändern?", fragte ich den Arzt. „Daran liegt es nicht. Sie hat einen schweren Schock", antwortete der Arzt. Ich saß nur noch an Dianas Bett im Krankenhaus. Immer wieder erzählte ich ihr aus meinem Leben, alles, was mir so einfiel. Ich erzählte, dass ich eine Frau suchte, eine Frau wie sie es war. Es würde so schön sein, wenn der Pfarrer fragen würde: „Möchten Sie Diana zur Frau nehmen?" Tage vergingen, ich sprach immer wieder von Heirat und Zukunft. In meinem Kopf war alles aufgebaut, die Zukunft begann zu leben, aber noch lag Diana im Krankenbett und lächelte mich an. Irgendwann, es war Montag oder Dienstag, schlief ich an ihrem Krankenbett ein. „Ja!" Ich wurde wach, dachte, dass ich noch träumen würde. „Ja!", sagte Diana. Einfach nur „Ja!"

Ich konnte mein Glück kaum fassen. Jetzt war ich der glücklichste Mann auf dieser Welt. Aber es steigerte sich nochmals. Wir heirateten in Las Vegas. Mit meinen Verbindungen in die Plattenindustrie machte ich aus Diana einen Star in Las Vegas. Heute sang sie jeden Abend vor ausverkauftem Haus. Die zweite LP unseres Labels „Gradon Music" ist in Arbeit. Wir sind unendlich glücklich. Jeden Abend wird meine Frau angekündigt mit: „Applause for the great Diana Gradon!"

Die Krankheit, die jeden schafft

Mein Name ist Bruno Müller. Ich arbeite als Journalist und recherchiere über eine Krankheit, die jeden in die Knie zwingt, ob Betroffener oder Helfer. Heute treffe ich mich mit Bernd Segbrecht. Er möchte seine Erfahrungen an meine Leser weitergeben. „Herr Segbrecht, was kann ich für Sie tun?", fragte ich. „Ich möchte Ihnen und Ihren Lesern eine kleine Geschichte aus meinem Leben erzählen", antwortete er und fuhr fort: „Es war im Jahr 2010, meine Frau und ich verlebten wie in jedem Jahr unseren Urlaub auf Mallorca. Es ist eine wunderbare Insel, wir kennen dort jeden Grashalm. Wie jeden Morgen sorgte ich für den Frühstückstisch, meine Frau führte unseren Boxer aus und besorgte die Brötchen. Sie fragte an diesem Morgen, in welche Richtung sie gehen müsste. Ich flachste und sagte, der Sonne entgegen, rechts herum. Die Tage vergingen, das Brötchenholen dauerte immer länger. Sie habe den Bäcker nicht gleich gefunden, sagte mir meine Frau

Elisabeth. Irgendetwas hatte sich verändert. Warum merkte ich das nicht zu Hause? Etwa, weil es immer einen gewohnten Ablauf gab? Drei Tage vor dem Ende des Urlaubs folgte ich Elisabeth heimlich. Ich bemerkte, dass sie an beiden Kreuzungen lange überlegte, ob es nach rechts, links oder geradeaus ging. Das Gleiche geschah auf dem Rückweg, prompt ging sie an unserer Ferienwohnung vorbei. Wieder zurück in Bremen, wollte ich unseren Hausarzt konsultieren. Aber unser Leben ging ganz normal weiter, nichts war zu merken. Lediglich sprach sie mich hin und wieder mit dem Namen ihres verstorbenen Ehemanns Erich an, aber ich sah ihm auch etwas ähnlich, das war wohl verständlich. Bei einer Routineuntersuchung stellte ich unserem Hausarzt dann doch die Frage: Ist es Demenz? Es sei wohl eine normale Altersvergesslichkeit, so der Arzt. So richtig befriedigte mich diese Antwort nicht. Ja, ich hatte Angst. Sogleich begann ich, jeden Tag mit meiner Frau ein Gedächtnistraining durchzuführen, täglich mindestens zwei

Stunden. Fragen wie: Wer sind deine Kinder? Was hast du erlernt? Wo waren wir im Urlaub? Wie viel ist 11x8? oder Wo liegt Boston? Bei Treffen unter Freunden flachste Elisabeth immer, dass sie sich gut an die alte Zeit erinnern könnte, aber für genaue Daten sei ich zuständig. Liebevoll nannte sie mich dann immer ihre ‚Auslagerungsdatei'. Die Zeit verging, das Training wurde Tag für Tag durchgeführt, die Urlaube wurden komplizierter. Zweimal half mir der Vermieter der Ferienwohnung bei der Suche nach meiner Frau, einmal die Polizei. Immer häufiger stellte ich fest, dass das soeben Geschehene nicht mehr da war. Eigenartiger Weise jedoch, waren Diskussionen und Gespräche sinnvoll und kompetent. Für mich widersprach sich das, die Intelligenz war da, das Erinnern nicht. Trauriger Weise, aber letztendlich richtig, diagnostizierte ein Experte eine beginnende Demenz. Tatsächlich war ich der Meinung, wir wären seit Jahren mittendrin. Ein kleiner Trost für mich, durch unser tägliches Üben, verschob sich wohl der Ausbruch zeitlich nach hinten. Alles was möglich war, wurde nun in unser Leben gepackt. Ich gab meinen Job auf. Wir reisten, besuchten die Oper, verbrachten noch mehr Zeit miteinander. Aber die Krankheit wurde stärker und stärker. Orientierungslosigkeit in der Nacht führte zu vielen Reparaturen im Haus. Elisabeth konnte nichts dafür, sie suchte nur das WC. Erklärte mir auch genau, wo es war, nur mit dem Unterschied, sie wähnte es in unserer ersten Wohnung. Nun half ich meiner Frau, um zwei Uhr in

der Nacht, aus dem Schuhkeller. Manchmal verschwand sie nachts im Garten – und das im Winter. Es gab Medikamente, aber die Krankheit übernahm sie mehr und mehr. Innerhalb eines halben Jahres verschlimmerte sich der Zustand. Ihr Gang änderte sich, er war nun nach vorn gebeugt, alles wurde steifer, langsamer und orientierungsloser. Die Stimmlage änderte sich ebenfalls, aus der lieblich hohen Stimme wurde manchmal eine tiefe Männerstimme. Unser Training wurde weiterhin durchgeführt, die Spaziergänge hingegen seltener, denn es kam eine enorme Arbeit auf mich zu. Man musste sich dessen bewusstwerden, was vorher zwei taten und jetzt von einem zu erledigen war. Gardinen waschen, Spülen, Saugen, Wischen, Wäsche waschen, bügeln, Einkaufen, Fenster putzen und so weiter. Man glaubte es kaum! Und dann noch die Reparaturen, die anfielen. Mit dem Eierkocher konnte man auch die Kaffeekanne erwärmen, in der Spülmaschine ließ sich ein Pullover waschen, nur vertrug der Wasserkocher nicht, dass er auf der Herdplatte erhitzt wurde und so brannte es in der Küche. Das Abschalten der Sicherungen brachte nichts, denn das gehörte zum Langzeitgedächtnis. Jetzt war alles verschraubt. Was ich damit sagen wollte, man rechnete mit vielen Dingen gar nicht. Ärgern half nichts, Elisabeth wurde dann aggressiv. Also blieb nur übrig, freundlich zu bleiben und die Arbeiten zu erledigen. Und das rund um die Uhr! Ich hatte einen tiefen Schlaf, Elisabeth nicht, nun warnten mich laute Bewegungsmelder, was Elisabeth gerade machte – um zwei Uhr oder um vier Uhr. Man musste auch den Einkauf berücksichtigen oder das Auto musste gewaschen werden, auch war mal etwas bei der Bank oder Post zu erledigen. Die Arbeit wurde mehr, der Druck enorm und nicht zu vergessen, die Verantwortung. Anfang 2015 war ich mit den Nerven am Ende, auch die Kraft ließ nach, nun musste ich noch erwähnen, dass ich zu einhundert Prozent schwerbehindert bin, mit allen Buchstaben und so. Das bedeutete, raus aus dem Rollstuhl, etwas erledigen und rein in den Rollstuhl. Ich werde Sie, lieber Herr Müller, weiterhin informieren. Ich bin kein Arzt, aber sagen Sie Ihren Lesern, sobald die ersten Anzeichen auftreten, sollen sie sofort dagegen wirken. Und wenn es nur ein paar Monate oder ein Jahr ist, das Leben mit vollem Bewusstsein ist sehr, sehr kostbar. Heute habe ich zwei Zimmer in unserem Haus an eine nette Witwe vermietet. Sie hilft im Haushalt und im täglichen Leben.

Wissen Sie, Herr Müller, einfach nur einmal ein Gespräch am Abend über Gott und die Welt zu führen, ist eine kleine Erholung, denn danach gibt der Bewegungsmelder wieder Alarm!"

Die letzte Fahrt

Stolz und erhaben stieg Roger King aus seinem Silberpfeil. Schon wieder fuhr er ganz vorn mit und konnte als Sieger des Rennens gefeiert werden. Eigentlich wollte er schon vor ein paar Jahren aus dem Motorsport aussteigen. Er hatte alles erreicht, was er wollte. Trotz seiner 40 Jahre bekam er einfach nicht die Kurve. Er sagte immer zu seiner Frau: „Emelie, der schönste Tod für mich wäre, wenn ich in meinem Rennwagen sterben würde." Er, seine Frau und die die Kinder lebten in Texas. Sie hatten ein großes Hotel und mehrere gut gehende Juweliergeschäfte. Doch das Risiko auf der Rennbahn und der Nervenkitzel, der ihn jahrelang begleitete, ließen ihn nicht mehr los. Emelie bettelte vor jedem Rennen und appellierte an seine Vernunft. Leider tat Roger, was er dachte tun zu müssen. Er merkte noch nicht einmal, dass seine Teamkollegen ihn manipulierten und nachts an seinem Wagen herumschraubten. Sie versuchten alles, um ihm die Arbeit im Team zu erschweren. Da er sehr viel von Technik verstand und seinen Wagen vor jedem Rennen überprüfte, konnte er das Schlimmste verhindern. Der Startschuss fiel. Mit quietschenden Reifen und qualmenden Motoren fuhren sie los, Runde für Runde. Die Spannung stieg. Noch immer hatte Roger King so viele Anhänger unter dem Publikum, dass es ihm gerade jetzt noch mehr Antrieb gab, weiter zu machen. Davon konnte ihn auch seine Frau nicht abhalten. Die sechste Runde wurde abgewinkt und die Spannung stieg. Doch Roger fuhr dieses Mal nicht vorne mit. Sein Auto wurde immer langsamer. Die Bremsen blockierten etwas. Er drückte weiter auf die Tube, was das Zeug hielt. Doch er gab immer noch nicht auf. Er wollte wieder als Sieger auf dem Treppchen stehen. Er merkte nicht, dass der Motor schwarze Rauchwolken ausstieß. Er merkte auch nicht, dass der Motor Feuer fing. Öl spritzte aus dem Motor. Er kam von der Bahn ab, versuchte, als das Auto ins Schlingern geriet, gegenzulenken und knallte mit voller Wucht in die am Rande aufgeschichteten Sandsäcke. Ihm geschah zum Glück nichts. Emelie rannte auf die Rennbahn. Sie wollte zu ihrem Mann, dachte das Schlimmste. In diesem Augenblick erfasste ein Rennwagen Emilie, schleuderte sie einige Meter durch die Luft … Sie war sofort tot. Roger musste eingeklemmt in seinem Wrack alles im Seitenspiegel mit ansehen. „Emilie, das wollte ich nicht, das wollte ich nicht. Hätte ich doch bloß auf dich gehört", schluchzte Roger. Es war Rogers letzte Rennen. Viele Jahre noch bildete er Fahrer im Sicherheitstraining aus, aber seine wichtigste Regel war: „Beobachtet immer den Straßenverkehr, ob als Autofahrer oder Fußgänger, denn die Wagen sind schnell, verdammt schnell!"

Ein langer Schlaf

Die Eltern des kleinen Nok Te freuen sich riesig, sie wünschen sich einen kleinen Sohn. Sie lassen das Schicksal entscheiden, ob es eine Tochter oder ein Sohn wird. Obwohl es kinderleicht für die Ärzte ist, das Geschlecht zu manipulieren. Der Planet Rodenus kreist in einem der äußersten

Sternensysteme des Universums. Die Sonne wird in nicht allzu langer Zeit erlöschen. Immerhin sorgte sie Milliarden Jahre für Leben auf den beiden bewohnbaren Planeten. Die Zivilisation dort ist sehr weit fortgeschritten. Armut und Krankheit gibt es auf den Planeten seit Millionen Jahre nicht mehr. Anfangs, als ihr Sonnensystem noch zentraler im Universum lag, gab es natürlich auch Naturkatastrophen. Diese löschte die Bevölkerung aus, aber das Leben startete immer wieder aufs Neue. Nok Te war ein aufgewecktes Kind. Er lernte schnell. Aus ihrer eigenen Erfahrung wussten die Eltern, dass ihr Sohn eine junge Seele war. Auf dem Planeten kannte man die Widergeburt. Das Wandern eines Geistes war seit langem bekannt. Nok Te wurde Wissenschaftler. Er entwickelte ein Gerät, welches in fast allen Häusern zu finden war, um die tödliche Strahlung der bald sterbenden Sonne zu neutralisieren. Viele Krankheiten waren somit erst gar nicht ausgebrochen. Zwei eigene Kinder hatte Nok Te mit seiner Frau. Nach einem erfüllten Leben kam der Tag des Abschieds. Seine Kräfte ließen nach, der Drang noch etwas zu erleben, verblasste. Immer öfter ruhte Nok Te aus, er schlief dann mit den Erinnerungen seines Lebens ein. Alles spielte sich noch einmal vor seinem Dritten Auge ab, immer wieder. Eines Abends sagte er zu seiner Frau: „Erinnerst du dich an unsere Hochzeitsreise? Der Strand war weiß, der Himmel rot und das Meer grün." Nok Te faltete die Hände und träumte immer tiefer und tiefer. Er schwebte dem Traum entgegen, ganz leicht war sein Körper, jetzt spürte Nok Te ihn gar nicht mehr, er war nun in einer anderen Welt. Plötzlich wurde es hell um ihn herum, Millionen Jahre waren mittlerweile vergangen, das Universum dehnte sich weiter aus. Den Planet Rodenus gab es schon lange nicht mehr. Nok Te wurde geboren und erblickte zum ersten Mal das Sonnenlicht der Erde. Sein Vater stand mit ihm vor einem Höhleneingang und nannte seinen Sohn Pah Amp. Pah Amp war nun ein frühzeitlicher Erdenbewohner in Afrika. Ein neues Leben, eine neue Chance, in diesem Universum etwas zu bewegen. Ebenso wie sein Vater, entwickelte Pah Amp Werkzeuge aus Stein. Seine Höhlenmalerei wurde von allen bewundert. Pah Amp interessierte sich früh für Kräuter. Langsam entwickelte er sich zum Anführer. Um an Nahrung zu gelangen, waren seine Taktiken sehr gefragt. Acht Kinder hinterließ er, bevor ein großer Felsen sein Leben abrupt beendete. Er sah den Felsen auf sich zukommen, er sprang noch zur Seite und wieder sah er den weißen Strand mit dem roten Himmel und dem grünen Meer. Viele Millionen Jahre vergingen. Das Meer war nun blaugrün, Pah Amp sah einen strahlend blauen Himmel. Mit den Worten: „Da ist ja unser Wonneproppen endlich!", führte Vater Jack seinen Sohn Daniel den Gästen auf der Yacht vor. Jack war Reeder, die meiste Zeit verbrachte er mit seiner Familie auf dem Pazifischen Ozean vor San Francisco. Jack tat alles, damit Daniel ein großartiger und kompetenter Kapitän werden würde. Und in der Tat, Daniel war sehr eifrig. Nicht nur

Kapitän wurde er, sondern auch Arzt. Vielen Kindern half Daniel auf See zur Welt. Zwei Mal rettete er das Leben der Menschen auf dem Kreuzfahrtschiff, weil er sich auf seine Erfahrung und seinen Instinkt verließ. Daniel hatte zwei Kinder. Luisa wurde Kapitänin, Daniels Sohn Gregg Anwalt. Wieder kam der Tag, den jeder einmal gehen musste. Daniel saß in seinem Lehnstuhl, schloss die Augen und dachte an das blaue Meer, die weißen Wolken am blauen Himmel… Niemand merkt wie lange es dauert, niemand wird sich erinnern können was zwischenzeitlich passiert ist … Und dann wird es wieder hell und man erblickt die Welt, welche? Das ist der Weg des Schicksals. Daniel wachte wieder auf und sah in eine grelle Lampe. Das Licht wurde sofort gedimmt. Er wurde in die Arme seiner Mutter gelegt. Viele Millionen Jahre sind vergangen. Jetzt wurde Daniel Sett genannt. Er wurde auf dem Raumschiff Gelexos 2000 geboren. Die Besatzung stammte vom Planeten Loren. Auf Loren war ein Krieg entbrannt, es ging wie immer um Macht und Einfluss. Die Raumschiffbesatzung suchte nun einen Zufluchtsort im Universum. Sett wurde Navigator und Forscher. Jede freie Minute suchte er die Stecknadel im Heuhaufen. 18 Jahre war das Raumschiff unterwegs, Sett gab nie auf. Und tatsächlich, er fand einen Planeten für die Existenz seines Volkes. Viele Jahre weiter, Sett war am Aufbau einer Stadt beteiligt, kam auch bei ihm der Zeitpunkt, dass das Leben bald zu Ende gehen würde. Sechs Kinder hatte er mit seiner Frau. Er legte sich eines Abends zum Ausruhen auf sein Bett, schloss die Augen, faltete seine Hände und träumte vom unendlichen Weltraum, den er durchflog. Und dann wurde es hell, immer heller. Auf ihn kamen alle zu, seine Liebsten, seine Lebensgefährten, Freunde, Kinder, Eltern, alle begrüßten ihn und sagten: „Nun bleibst du für immer bei uns!" Sie erschienen in der Form, wie er alle in Erinnerung hatte. Aber das war nur die Erkennungsform, in Wirklichkeit war der Geist formlos und durchsichtig. Und nach einer Weile gehörte er zu ihnen, namenlos und positiv, nur das Gute blieb übrig.

Ein unglaublicher Zufall

Die großen Sommerferien 1932 hatten begonnen. Ich freute mich schon sehr darauf, meine Großeltern in Kampen auf Sylt besuchen zu können. Mein Name ist Gerda Schmitt, mit zwei T. Wir waren nicht sehr reich, erst viel später erklärte mir mein Vater, dass er bei der Weltwirtschaftskrise 1929 sehr viel Geld verloren hatte. Meine Oma und mein Opa hatten auf der Insel ein schönes kleines Häuschen mit Reetdach und ihre gute Rente. Oma schickte mir immer

Taschengeld zu. Mutti packte alle meine schönsten Sachen ein. Nach langer Bahnfahrt erreichten wir den Hafen Hoyer Schleuse in Dänemark. Ein Raddampfer brachte alle Gäste auf die Insel. Es war ein schöner Sommertag, aber sehr stürmisch. Meine Puppe Mimi hielt ich fest im Arm. In Munkmarsch brachte mich die Sylter Inselbahn nach Westerland. Dort holte mich Opa Wolfgang mit seiner Pferdekutsche ab. Jetzt freute ich mich riesig, Oma Annemarie wiederzusehen. Von weitem roch ich schon den leckeren Apfelkuchen. Ach, es waren wunderschöne Ferien. Viel zu schnell gingen sie vorbei. Als Oma meine Reisekoffer packte, wollte sie ein Armband darin verstecken. Es sollte ein Geschenk an Mutti sein. Opa meinte aber, sie sollte es lieber der Puppe anlegen, dann würde niemand glauben, dass es echt sei. In Munkmarsch musste ich lange auf den Raddampfer warten. Ich holte meine Puppe aus dem Koffer und spielte mit ihr. In den Sonnenstrahlen funkelten die Steine im Armband. Es war wieder sehr stürmisch.

Plötzlich ging alles sehr schnell, der Raddampfer legte an und wir mussten uns alle beeilen. Der Raddampfer machte ein großes Getöse. Ich schaute mir die riesigen Schaufelräder an und da passierte das Unglück. Meine Puppe fiel über Bord.

Meine Oma erwähnte das Armband niemals gegenüber meiner Mutter. Ich war noch sehr oft bei meinen Großeltern gewesen. 1960 starben Oma und Opa. Mittlerweile war ich verheiratet. Mit meinem Mann eröffnete ich ein Geschäft für Haushaltswaren, wir waren hochverschuldet. Ausgerechnet jetzt starben meine Großeltern. Opa Wolfgang starb nur fünf Wochen nach Oma. Ich erbte ihr mit Reed gedecktes Haus. Viele schöne Erinnerungen verband ich mit dem Haus. Es roch wieder nach Apfelkuchen, ich meinte es zumindest. Trotzdem würde ich wohl das Haus notgedrungen verkaufen müssen. Traurig ging ich am Strand von Wenningstedt spazieren. Ich ging auf das Rote Kliff zu. Ich weiß nicht, wie ich es erklären soll, vielleicht gar nicht, vielleicht glaubt man mir auch nicht, vielleicht macht sich jeder seine eigenen Gedanken. Aber bei einem Gebet, ja es war mehr, es war ein Gespräch mit Oma, spülte eine große Welle meine Puppe mit dem Armband an den Strand. Ich konnte mein Glück kaum fassen, bedankte mich tausend Mal bei Oma im Himmel. Das Armband war aus 750'er Gold und bestückt mit Brillanten von über 15 Karat. Das Erbe konnte ich nun annehmen. Auch unser Geschäft konnten wir vergrößern. Nun haben wir 2015. Wir wohnen seit langem in Oma und Opas Haus in Kampen. In zwei Tagen erwarten wir unsere drei Enkelkinder. Wir freuen uns sehr.

Flaschenpost

Die Brinkmanns machten regelmäßig an der
See Urlaub. Doch was sie dieses Mal
erlebten, war fast nicht zu glauben. An
einem Nachmittag am Strand, wurde
plötzlich eine Flaschenpost angeschwemmt.
Eine eigenartige, Besorgnis erregenden
Nachricht befand sich darin. Ein Hilferuf.
Herbert und Britta konnten nicht ahnen,
welcher Geschichte sie auf der Spur waren.
Der Hilferuf einer jungen Frau, die um 1890
in einem Schloss gefangen gehalten wurde.
Trotzdem schaffte sie es, dem Diener des
Hauses einen kleinen Brief mitzugeben. Er
steckte diesen Brief in eine Flasche und
warf sie in den Fluss. Bis heute war sie
unterwegs. Ein achtzehn Jahre altes
Mädchen wurde von ihrem eifersüchtigen
Vater, einem Graf, der sehr reich und
beliebt war, eingesperrt. Er dachte nicht
darüber nach, dass er seine Tochter
vernichtete. Von dieser Geschichte wussten
die Brinkmanns zu diesem Zeitpunkt noch
nichts. Sie wunderten sich nur und wollten

der Geschichte auf den Grund gehen. Ein altes Blatt, Büttenpapier, eigentlich nicht mehr so häufig in Gebrauch heute, war in dieser Flasche. Der Brief muss schon sehr alt sein, dachte Herbert. Das Mädchen schrieb mit zittriger Handschrift auf das Papier: „Bitte holt mich hier raus, ich bin zu jung und will noch nicht sterben. Mein Vater hält mich in diesem Schloss gefangen." Sie schrieb, dass sich dieses Schloss in Schottland befinden würde. Sie betonte immer wieder, dass sie nicht sterben wollte und Angst hätte. Weiter schrieb sie: „Mein Vater ist böse und lässt mich verhungern, nur weil ich mich mit dem Diener unterhalten habe." Dann brach dieser Brief abrupt ab, als wenn sie keine Kraft mehr gehabt hätte. „Was sollen wir nur tun?", fragte Britta. „Ich würde den Vorschlag machen", sagte Herbert, „alle Schlösser in Schottland und alle großen Anwesen ausfindig zu machen. Wenn wir dies erledigt haben müssen wir irgendwie in die schottischen Archive gelangen. Auch, wenn es uns eigentlich nichts angeht, so bin ich doch froh, wenn ich erfahren kann, was aus diesem Mädchen geworden ist. Und nun, lass uns noch unseren Resturlaub genießen. Wenn ich zu Hause bin, werde ich mich sofort an die Arbeit machen Britta."

Zwei Wochen später waren sie wieder zu Hause in Österreich und fingen sofort an, die Flasche zu untersuchen. Es war eine mittelgroße Medikamentenflasche, wie sie damals für flüssige Arzneimittel benutzt wurde. Es wurden in den Apotheken in kleinsten Mengen die flüssigen Medikamente abgegeben. Das Jahr, in dem dieses Drama geschah, konnte Herbert somit ermitteln. Nun wurde es Zeit, die Schlösser ausfindig zu machen. Zu jedem Schloss gab es eine Geschichte. Nur, um alles herauszufinden, mussten bestimmte Archive angeschrieben werden. Nach ein paar Tagen stellte sich heraus, dass ein Graf Winston Mac Neel mit seiner Tochter und seinem Diener allein gelebt hatte. Er war streng und grausam zu seiner Tochter. Sie durfte nichts, konnte sich mit keinem unterhalten und bekam dazu auch noch viel zu wenig Nahrung. Das nur, weil sie sich einmal mit dem Diener unterhalten hatte. Das arme Mädchen starb dann elendig und allein in ihrem Zimmer. Zudem war sie noch eingeschlossen und verhungerte. Britta sagte: „Mein Gott, das ist eine traurige und grausame Geschichte. Schlimmer geht's wohl nicht." „Nun wissen wir wenigstens, was geschah und wo diese Flaschenpost herkam. Ich werde für die hiesige Zeitung einen Bericht darüber schreiben", meinte Herbert. „So, und nun lass uns wieder an andere Dinge denken, denn das Leben geht ja weiter. Viele unglaubliche und grausame Dinge geschehen ständig. Wie einzigartig wäre die Menschheit, wenn wir dies verhindern könnten."

Glück im Unglück

Norberts Leben lief im Grunde genommen
monoton ab. Morgens um 6 Uhr schellte
sein Wecker, danach erledigte er die
Morgentoilette, warf bei einer Tasse Kaffee
einen Blick in die Zeitung, danach fuhr er zu
seiner Arbeitsstelle. Jeden Morgen das
gleiche Ritual. Jeden Morgen die gleiche
Musik im Autoradio. Sein alter Opel aus den
1970-er Jahren war sein bester Freund. Die
Rockgruppe The Sweet gehörten zu seiner
Familie. Norbert war nie verheiratet. Sehr
gern hätte er sich eine Partnerschaft
gewünscht. Mit jemandem zu sprechen, zu
lachen, etwas zu unternehmen, ach, das
wäre zu schön gewesen. Als Schulbusfahrer
war Norbert sehr diszipliniert. Kinder und
Eltern mochten ihn, streng wurde Norbert
nur dann, wenn es im Bus eine Keilerei
unter den Schülern gab oder jemand
unbedingt ein Herz in die Polster ritzen
wollte, mit den Initialen seiner großen
Liebe. An der Luisenstraße bog der Bus
links ab, wie üblich schaute Norbert nach

rechts, die Bahn war frei, noch drei Haltestellen, dann war Norbert seine Bande wieder los. Er schaute schon zur nächsten Haltestelle, als es plötzlich krachte. Die Kinder wirbelten umher, die ganze rechte Seite war eingedrückt. Der rote Wagen drang bis zu Norberts Fahrerplatz ein. „Wo ist der kleine Markus?", schrie Norbert. Markus, Schüler der ersten Klasse, wurde eingeklemmt. Vier Schüler verletzten sich schwer. Markus war gelähmt. Norbert fühlte sich unendlich schuldig. In der Gerichtsverhandlung vermutete man, dass Norbert abgelenkt gewesen war. Der Fall zog sich hin. Von dem Tag an, war nichts mehr so wie immer. Norbert wurde krankgeschrieben. Der Kaffee schmeckte ihm morgens nicht mehr. Ein Brechreiz beim Zähneputzen, er stand einfach nicht mehr auf. Gedanken schossen durch seinen Kopf, sie waren einfach da, er konnte sie nicht steuern. Es lief doch alles so gut in Norberts Leben. Jetzt fehlte ihm erst recht eine Partnerin, die zuhörte, die ihn verstand, die da war, einfach nur da war.

Jeden Tag schaute Norbert nun ins Leere. Die Gedanken kamen und gingen, völlig ungesteuert. Norbert wurde allmählich depressiv, er suchte immer mehr den Sinn des Lebens. Immer wieder erkundigte sich Norbert nach den Kindern, vor allem nach Markus. Norbert hatte entweder einen guten Tag oder einen schlechten. Innerhalb von Sekunden konnte ein guter Tag kippen, dann waren sofort wieder diese Gedanken da. Der Druck wurde unerträglich. Nach außen schien Norbert gefasst, aber seine Gedanken kreisten immer mehr um Abschied – Abschied vom Leben. Eines Morgens ging Norbert zielstrebig in seine Garage. Er schloss den Wasserschlauch an den Auspuff seines Autos an, umklebte die Verbindung mit Isolierband und legte den Schlauch durch das Seitenfenster auf der Beifahrerseite. Auch hier klebte Norbert alles gut zu. Durch seine Schlaflosigkeit wurden Norbert Beruhigungs- und Schlaftabletten verschrieben. Die hatte er in seiner Hemdtasche, auch eine Flasche Wasser. Er setzte sich in sein Auto und hörte sich seine Lieblingsmusik an. Ballroom Blitz spielte, während Norbert sein Leben vor seinem Dritten Auge betrachtete. Kommissar Keller – seine Tochter Angelika saß ebenfalls im Unglücksbus – suchte jede freie Minute nach Antworten. Er kannte Norbert als sehr umsichtigen Fahrer. Wieder stand er an der Kreuzung und beobachtete den Verkehr. Ein älter Herr kam auf ihn zu und schilderte: „Hier treiben sich immer einige Gestallten herum, die die Kreuzung fotografieren und beobachten. Sie tragen auch Stoppuhren bei sich. Da müssen Sie einmal Nachforschungen betreiben, Herr Kommissar." Tatsächlich beobachtete Kommissar Keller nach einer Stunde drei Männer, die sich Zeichen gaben und mit Stoppuhren die Lage sondierten. Kommissar Keller orderte Verstärkung.

Die Männer wurden festgenommen, eine Hoffnung im Fall Schulbus kam auf. Diese frohe Botschaft wollte Kommissar Keller gleich Busfahrer Norbert überbringen. Vor der Garage parkte der Kommissar seinen

Einsatzwagen. Bereits beim Aussteigen roch er giftige Abgase. Ohne zu zögern stieg er in seinen Einsatzwagen, fuhr drei Meter zurück, um Anlauf zu holen und durchbrach das hölzerne Garagentor. Er hielt die Luft an und schleppte mit letzter Kraft Norbert aus seinem Auto. Sofort begann er Norbert zu versorgen, sendete einen Funkspruch ab und pumpte immer wieder Luft in Norberts Lungen. Norbert wurde gerettet, den Kindern ging es wieder gut, Markus kam noch mit Krücken in die Schule, aber es ging bergauf, die drei Männer gestanden, Versicherungsbetrügereien begangen zu haben. Alles in allem bleibt zu sagen: Glück im Unglück!

Im Alten Berlin um 1900

Sprichwörtlich ist das Berliner Tempo. Um 1905 lebten mehr als zwei Millionen Menschen in Berlin und Fahrzeuge aller Art belebten das Straßenbild. Von den Trams, elektrischen Wagen und Droschken, Drei- und Zweirädern sah man viele herumfahren. Ein sehr lautes Getöse, das für den Provinzler kaum auszuhalten war. Die ersten Straßenbahnen fuhren, Geschäfte und Gastwirtschaften schossen wie Pilze aus dem Boden. Heinrich Zilles Milieu lebte. Alle waren glücklich und zufrieden. Zilles Bilder spiegelten das einfache Hinterhofleben wieder. Der typische Berlinerische Dialekt gehörte natürlich dazu. In dieser Zeit stand Berlin in voller Blüte. Die Industrie wuchs enorm. Es gab kaum Arbeitslosigkeit und ein pralles Nahrungsangebot war vorhanden. Die Einwohnerzahl stieg, da hier immer mehr Menschen aus dem Ausland leben wollten. Konstanzes Schneiderei am Potsdamer Platz florierte und klein Erna sah immer gern dem

Leierkastenspieler zu, der in den
Hinterhöfen für einen Groschen spielte.
Dabei rutschten ihr die Strümpfe herunter
und verträumt lutschte sie an ihrem
Daumen. Im Theater am Kurfürstendamm
sang Josefine vor. Sie war gerade mit dem
Gesangstudium fertig. Sie hatte eine
herrliche Sopranstimme. Josefine war
zwanzig Jahre jung, sah blendend aus und
strahlte sehr viel Lebensfreude aus. Keiner
wusste von ihrem Geburtsfehler. Geschickt
konnte das Mädchen sein Problem
verbergen. Mit langen Kleidern ging es gut,
die Aufmerksamkeit auf andere Dinge zu
lenken. Sie war sehr schön, hatte eine
prächtige Stimme und eine gewaltige
Ausstrahlung. Josefine bekam ohne
Umschweife die Anstellung. Talentiert, wie
sie war, bekam sie bald schon einige
Angebote aus dem Ausland. Doch die junge
Frau wollte nicht aus ihrer Heimatstadt
heraus. Sie war aus gutem Hause. Ihre
Eltern – Baron und Baronin Bergedorf zu
Lippstein – bewohnten ein großes
Herrenhaus in Charlottenburg. Josefine

hatte dort eine ganze Etage für sich, mit herrlich eingerichteten Zimmern. Nein, warum sollte sie jemals ausziehen? Das Theater am Kurfürstendamm war ständig ausverkauft, denn alle lagen der jungen Sopranistin zu Füßen. Josefine sonnte sich in ihrem Ruhm und ihre Eltern waren stolz auf sie. Einige Jahre vergingen. Die Entwicklung Berlins ging rasant weiter. Josefine war mittlerweile eine gefragte Künstlerin und das Theater platzte jedes Mal aus allen Nähten, wenn sie auftrat. Doch eines Tages wurden ihre Eltern krank. Erst der Vater, der schließlich an einer Lungenentzündung starb und den sie bis zuletzt pflegen musste. Kurze Zeit später wurde die Mutter schwer krank und musste gepflegt werden. Es vergingen wieder Jahre. Jahre der Pflege und des Stillstandes ihrer Karriere, denn während sie sich um ihre Eltern kümmerte, konnte sie nicht auftreten. Josefine sah man an, dass die Jahre nicht spurlos an ihr vorübergegangen waren. Sie wurde in einigen Monaten 26 Jahre alt und hatte, trotzdem sie lange nicht sang, ihre Stimme nicht verloren. Sie sprach und sang wieder im Theater am Kurfürstendamm vor. Und abermals nahm man sie auf und stellte sie an. Der Erfolg kam zurück. Doch die Aufführung von Tristan und Isolde würde sie so schnell nicht vergessen. Während des zweiten Aktes, sie sang gerade ihre Arie, schrie jemand laut durch die Zuschauermenge: „Von der Bühne runter, einen Krüppel wollen wir nicht sehen!" Ein entsetztes Raunen ging durchs Publikum. Dann wieder der gleiche Zwischenruf. Dieses Mal noch lauter: „Hau' endlich ab, wir brauchen dich nicht!"

Josefine hörte es, rannte von der Bühne und verbarrikadierte sich in ihrer Kabine. Sie weinte laut und beruhigte sich nicht. Mit einem Mal waren alle ihre Zukunftspläne und ihr Selbstvertrauen zerstört. Sie ging aus dem Theater und lief kopflos auf die Straße. Josefine merkte nicht, dass hinter ihr ein junger Mann, elegant gekleidet und dazu noch gut aussehend, herlief. Er versuchte sie zu beruhigen. „Hallo, Fräulein Josefine, bleiben sie doch stehen, warten Sie, ich möchte mich bei Ihnen vorstellen." Die Sopranistin drehte sich um und traute ihren Augen nicht. Was für ein Mann, dachte sie. Das kann es doch eigentlich gar nicht geben. Diese Schönheit war kaum zu fassen. Sie blieb stehen und trocknete schnell mit einem Seidentaschentuch ihre Tränen. Sie wollte nicht, dass dieser Herr sie so sah. „Ja, ja stotterte", Josefine, „schon gut, wer sind Sie denn?" Der elegante Herr antwortete: „Ich will mich vorstellen. Mein Name ist Konsul Brinkhaus. Ich besuche regelmäßig Ihre Vorstellungen und bin von ihrer Schönheit und natürlich von Ihrer Stimme begeistert." „Aber warum laufen Sie mir nach? Mir kann doch niemand helfen. Und auf diese Bühne gehe ich nicht zurück. Ich schäme mich so." „Josefine", sagte Konsul Brinkhaus. „Bitte hören Sie mir mal zu. Ich bin der Meinung, dass es schändlich ist, was da passierte. Was dieser Mensch sich dabei gedacht hat, weiß ich nicht, aber ich weiß eines: Sie sind jung,

schön und unglaublich talentiert. Ihre
Stimme hat einen besonderen Klang. Etwas
Liebliches klingt darin mit, wenn Sie singen.
Darum bitte ich Sie, weiterzumachen.
Nehmen Sie keine Rücksicht auf diese
Neider. Sie hassen, weil sie selbst nicht
erfolgreich sind. Das hat wenig mit Ihnen zu
tun." „Herr Konsul, wenn ich Ihnen doch nur
glauben könnte." „Josefine, das können Sie.
Außerdem bitte ich Sie, mich bei meinem
Vornahmen zu nennen. Ich heiße Lorenz.
Ich habe längst erkannt, was in Ihnen steckt
und ich sah Ihre Behinderung, die aber für
mich nicht existiert, da ich mich ..." Er
stockte und wollte nicht weiter reden.
Josefine errötete heftig und wäre am
liebsten ganz tief in den Erdboden
versunken. „Lorenz wissen Sie, ich wurde so
geboren und bin damit bisher gut durchs
Leben gegangen. Meine Eltern sind kurz
nacheinander verstorben. Ich hatte sie
gepflegt, sie waren krank. Nun wohne ich
allein in dem großen Herrenhaus in
Charlottenburg und wollte mir den Traum
von der großen Operndiva erfüllen. Aber ich

bin erst mal schockiert." „Darf ich Sie zum Essen einladen?", fragte Konsul Brinkhaus. „Natürlich dürfen Sie", sagte Josefine. „Schon allein deswegen, weil Sie so liebenswürdig sind und mich aufheitern wollen." „Gut", sagte Lorenz, „dann treffen wir uns morgen im Restaurant Unter den Linden um 18 Uhr?" „Das ist mir recht", entgegnete die junge Frau. „Und nun", sagte Brinkhaus, „gehen wir gemeinsam zurück zum Theater und reden mit den Leuten." Josefine war einverstanden. Am nächsten Tag trafen sie sich zum Essen und die Stimmung zwischen ihnen war locker und freudig. Josefine ging aus sich heraus und war noch nie so mit sich im Reinen. Sie fühlte etwas Wunderbares. Konsul Brinkhaus war sehr witzig und seine lockere Art gefiel ihr ausgesprochen gut. Josefines Selbstwertgefühl stärkte sich wieder. Sie trafen sich nach fast jeder Vorstellung und Lorenz gestand ihr seine Liebe. „Auch ich finde Sie sehr liebenswert. Jedoch, um Sie zu lieben, benötige ich noch etwas Zeit." Der Konsul hatte Verständnis und wartete.

Bis dann doch eines Tages der Zeitpunkt gekommen war, um ihr einen Heiratsantrag machen zu können. Sie heirateten prunkvoll und viele Gäste kamen zur Hochzeit. Das Herrenhaus von Josefine verkauften sie und beide zogen in die Villa des Konsuls.

Josefine und Lorenz bereisten die ganze Welt, denn die Stimme der jungen Frau war überwältigend und alle lagen ihr zu Füßen. Sie wurden sehr glücklich und das Leben im alten Berlin ging weiter. Zille malte seine Bilder, der Verkehr auf den Straßen wurde immer rasanter, die Gartenlokale und Geschäfte florierten. Konstanzes Schneiderei konnte sich vor Aufträgen kaum retten. Es ist immer wieder eine Freude, aus dem alten Berlin zu berichten, denn diese schöne Zeit werden wir stets in guter Erinnerung behalten.

Seelenraub

Ich wollte diesen Artikel in unserem
Wochenblatt nicht veröffentlichen. Denn es
gab Verletzungen, Kränkungen und
Vertrauensbrüche. Aber man musste auch
darauf aufmerksam machen, was passieren
konnte, wenn man sich über sein Leben
zwar Gedanken machte, sich aber nicht früh
genug absicherte und nur an das Gute
glaubte. Mich kontaktierte Herr Herbert
M., er hat wohl einiges durchgemacht. Wir
kannten uns aus der Redaktion. Als seine
Ehefrau an Demenz erkrankte, trennte er
sich von unserem Team. Zunächst erkannte
ich Herbert überhaupt nicht mehr wieder.
Er war alt geworden, abgemagert und seine
Hände zitterten. „Herbert, bist du mit Edith
und der Krankheit so sehr überlastet?",
fragte ich ihn. „Ach, nein, auf keinen Fall",
antwortete er und fuhr fort: „Nachdem
meine Edith und ich von der Demenz
erfahren hatten, legten wir den Turbo ein.
Man kann im Leben nichts nachholen, aber
ab dem Augenblick der Erkenntnis, lässt sich

vieles verändern. Wir reisten viel, bummelten durch viele Städte und trafen noch einmal alle Freunde. Der Familie erzählten wir frühzeitig von der Krankheit und dem neuen Lebensweg. Ach, das wird schon wieder, sagten einige verlegen. Aber Edith und ich wussten, das wird nicht. Alle Arten von Gehirnjogging machten wir täglich, aber von Monat zu Monat wurde die Krankheit stärker, die Kondition, nicht nur von Edith, ließ nach. Unsere Reisen wurden gefährlicher. Nicht etwa durch einen Abenteuerurlaub, nein. Fand Edith wieder zurück, wenn sie mit Lilly, unserem Dackel, unterwegs war? Natürlich sicherten wir uns gegenseitig ab, aber man konnte gar nicht schlecht genug denken. Wir wurden von Ediths Sohn ständig beobachtet. Es war der Sohn aus erster Ehe. Als wir vor Jahren einmal Hilfe hätten gebrauchen können, war niemand zur Stelle, jetzt wartete er nur auf meine Fehler. Aber das wusste ich bis dahin nicht, dachte an das Gute und an ein zufriedenes Leben für Edith. Als mich dann eine Krankheit ereilte, ich in einer kurzen

Schwächephase war, stand das Unheil vor der Tür. Mit großer Mühe bereitete ich den Tag für Edith und ihre Schulfreundin vor. Mit unserer Hilfskraft legte ich mich ordentlich ins Zeug. Zwei Wochen war ich krank, Edith kam nur selten aus dem Haus, stürzte auch ein paar Mal im Wohnzimmer, allein wollte ich sie nicht gehen lassen. Der Tag des Treffens war ein großer Erfolg. Der Morgen danach eine riesige Katastrophe. Edith und ich waren erschöpft, wollten den ganzen Tag liegen bleiben. Dann kamen sie, was ich aber nicht wusste, mit zwei Fahrzeugen und drei Personen. Sie wollten nur mit Mutter zum Frühstücken, Edith wollte es nicht, ich auch nicht, aber es war schließlich ihr Sohn. Nicht richtig angezogen, nicht gewaschen, man nahm sie unter die Arme und raus aus dem Haus. Ihren Blick würde ich niemals mehr vergessen, ein Hilferuf. Ich dachte zwar immer noch an ein Frühstück, dann war mir aufgefallen, dass auch unser Hund nicht mehr da war. Das Haus war leer. Demenz, das bedeutete für Edith, das

Kurzzeitgedächtnis ist nicht mehr vorhanden. Edith erinnerte sich immer weniger an die letzten Tage und Wochen, sondern nur an die Tage der Arbeit und des Stresses. Man warf mir eine nicht ausreichende Pflege vor, für ihr Fallen machte man mich verantwortlich und noch viel, viel mehr. Ich hinterfragte unser Leben, die Anstrengungen, ja, ich hinterfragte meine Existenz. Edith überlebte diesen Stress nicht, sie verstarb ein paar Wochen nach dem Raub, nicht in meinen Armen, sondern irgendwo in Deutschland."

„Herbert, das tut mir alles sehr leid", sagte ich. „Was mache ich mit deiner Geschichte?" „Veröffentliche sie, bitte. Es soll eine Warnung sein. Leute, sichert euch ab. Ruft auch die Polizei, wenn es nicht anders geht. Aber gegenseitige Absicherung ist das Allerwichtigste. Und habt einen Anwalt, der euch kennt!"

Sie wollten nur leben

Wir schrieben das Jahr 1930 in Texas. Randy und Jean Scott bewirtschafteten eine kleine Farm mitten in der Wildnis. Außer Rinder und Schafe, hatten sie noch einige Kleintiere. Viele Jahre lebte das Ehepaar schon hier und eigentlich waren sie sehr glücklich. Niemand störte diesen Frieden. Randy und Jean waren noch recht jung, wollten noch keine Kinder, sondern sich erst mit der Farm eine Grundlage schaffen. Sie ernährten sich von dem, was sie anbauten. Die Rinder, die sie züchteten, wurden zum größten Teil bis über Texas hinaus verkauft. Der alte Chevrolet, den sie fuhren, brachte nur noch altersschwache Töne heraus. Aber sie waren zufrieden und kamen immer irgendwie in die nächste Stadt. Es war ein sonniger Nachmittag. Die Arbeit war getan und das Ehepaar wollte es sich gerade auf der Veranda bequem machen, da schrie eine Frau jämmerlich: „Holt uns hier heraus, bitte lasst uns leben!" Das schreckliche Klagen kam aus dem Maisfeld. „Jean, was war denn das?", rief Randy Scott. „Ach, der Wind rauscht etwas heftiger als sonst durch die Felder!", rief seine Frau. „Nein, nein, es war eine menschliche Stimme", beharrte Randy auf dem, was er gehört hatte. „Aber komisch ist es schon, denn eigentlich kann hier keiner herein. Alles ist gut eingezäunt", meinte Jean. „Na ja, es kann immer mal jemand durch die Zäune klettern. Aber Recht hast du schon, ich gehe nachschauen." Randy durchforstete das Maisfeld, nur, er fand nicht den kleinsten Hinweis auf eine lebende Person. „ Sie hat sich da aber gewaltig verhört", dachte er. Kurze Zeit später vernahmen beide diese mysteriöse Stimme. Jetzt noch klagevoller und lauter als vorher: „Bitte helft uns, holt uns hier raus." Die sonst so taffe Jean, bekam panische Angst. „Wir müssen noch mal genauer nachsehen Randy", sagte Jean. Sie durchkämmten das gesamte Maisfeld, doch plötzlich stolperte Randy über mehrere kleine Hügel von einem halben Meter Höhe. „Was kann das denn sein?", fragte Jean aufgeregt. „Sind dir die Hügel,

denn vorher nicht aufgefallen?" Randy
schaute sie mit großen Augen an und sagte:
„Nein, Jean, die waren gestern noch nicht
da. Wir werden der Sache auf den Grund
gehen."

Randy buddelte. Nach einer Weile stieß er
auf etwas Hartes. Er schaufelte weiter.
Dann legte er Knochen von mehreren
Leichen frei. Darunter waren auch Kinder.
Noch gut erhaltene Kleidungsstücke und
eine Fotografie in einem Medaillon
deuteten auf die Sklavenzeit hin. Das Bild
zeigte eine Schwarze. Und Randy bekam
immer mehr die Bestätigung für seine
Vermutung. Eine komplette Familie wurde
hier einfach verscharrt. „Leider ist die
Sklaverei immer noch nicht ganz
abgeschafft", sagte Randy. Wo sich unsere
Farm befand, war um 1900 ein riesiges
Gutsherrenhaus. Viele Bedienstete waren
dort angestellt, hauptsächlich Schwarze, die
als Sklaven gehalten wurden. Konnten sie
ihre Arbeit nicht mehr erledigen oder
weigerten sie sich, bestimmte Dinge zu tun,

erschoss man sie kurzer Hand und verscharrte sie einfach wie Müll. Randy sagte: „Ich werde alle Knochen in ein schönes Grab umbetten. Einen Grabstein werde ich herstellen, auf den ich schreiben werde: Sie schufteten mit Gott im Herzen bis sie starben. Sie wollten ihre Arbeit tun und in Ruhe leben." Das Grab, das die Farmersleute schafften, wurde wunderschön. Und bis heute pilgern Menschen dahin und sprechen ein Gebet. Nie mehr dürfen Menschen der Sklaverei zum Opfer fallen, nie mehr, und nicht einmal in Gedanken. Wir haben alle ein Recht darauf, mit Respekt behandelt zu werden, egal welche Hautfarbe wir haben.

Verlobung in Westerland – 54,9°

Es war alles von Frank geplant, bis ins kleinste Detail setzte er alles um. Der Morgen war sonnig, es würden heute laut Wetterbericht 32 Grad werden. Bärbel hatte gestern Abend bereits die Koffer gepackt. „Kümmere dich nur noch um deine Akten, Liebster", sagte Bärbel. Frank war Makler, traf sich im Hotel Miramar zu einem wichtigen Termin, so sagte er es auf jeden Fall zu Bärbel. Bärbel und Frank waren nun bereits zwei Jahre befreundet, eigentlich mehr als befreundet. Die Fahrt von Frankfurt bis zum Elbtunnel in Hamburg war für Frank ein Kinderspiel. Zunächst ging es bei flotter Musik und 130 auf dem Tacho rasch vorwärts. Doch standen sie nach fünf Stunden mitten im Morgenverkehr vor dem Elbtunnel im Stau. „Das kann dauern", murmelte Frank. Im Radio liefen „Deutsche Schlager".

„Auch nicht so mein Ding", ergänzte Frank. Ein Klick auf das Radio und der MP3-Player spielte Bärbels Lieblingsmusik. Gegen dreizehn Uhr standen sie dann endlich auf dem Autozug, der sie nach Westerland bringen sollte. Die ersten zwei Tage auf der Insel verliefen prächtig. „Morgen ist unser Jahrestag", sagte Bärbel. „Ja, schade, dass ich morgen Abend den Termin wahrnehmen muss, wir feiern unseren Tag nach, Darling", entschuldigte sich Frank. Mit einem herrlichen Frühstück begann der nächste Tag. Beide machten einen schönen Ausflug nach List. Sie bummelten durch die Alte Tonnenhalle, kauften dieses und jenes und saßen lange im Fischrestaurant. „Tja, um acht Uhr heute Abend vor zwei Jahren trafen wir uns das erste Mal. Ausgerechnet heute Abend bin ich nicht da", sagte Frank traurig. „Ich warte im Strandkorb am Strand auf dich, Liebster. Beeile dich bitte, wenn du kannst", sagte Bärbel mit trauriger Stimme. Gegen Abend packte Frank seine Aktentasche, ganz schön ausgebeult war sie. „Das sieht aber nach langen Verhandlungen aus", sagte Bärbel. Sie ging zum Strand und setzte sich in den gemieteten Strandkorb mit der Nummer

348. Gegen 19:50 Uhr zog eine schwarze Wolke auf. Es war aber immer noch. Pünktlich um 20 Uhr schlich sich Frank heran und überraschte Bärbel. Er kniete sich vor Bärbel und öffnete den Aktenkoffer. Eine Flasche Sekt und zwei Gläser waren darin, sowie ein kleines Päckchen. Während er das Päckchen öffnete, sagte er mit leiser Stimme: „Die Ringe sind erst vor 20 Minuten graviert worden, willst du meine ..." Plötzlich verspürte Frank einen Stich in der Brust und sank zusammen. Er merkte, dass eine Kugel ihn getroffen hatte. Sein Militäranzug war voller Blut. Sanitäter eilten herbei. „General, General, wir werden alles tun um sie zu retten!", schrie der Sanitäter. Die Welt sah düster aus. Bomben fielen auf die Stadt. Sirenen heulten. Der Himmel war blutrot. „Was passiert hier? Wo bin ich?", stammelte Frank. „Die Gegner haben uns bis hierher zurückgetrieben. Wir sind am Standort Breitengrad 54,9. Die Stadt Negrell ist verloren. General, General ..." Frank starb in den Armen des Sanitäters.

„Entschuldige, Darling. Ich hatte einen schlimmen kurzen Traum", Frank stützte sich am Strandkorb ab und fuhr fort: „Willst du meine Frau werden?" Bärbel war überglücklich und antwortete mit einem „Ja". Es war der 8. April. Genau um 20 Uhr 7 überlagerten sich zwei Parallelwelten bei dem Breitengrad 54,9 und dem Längengrad 8,3. Frank starb in der Parallelwelt Gentogra in der Stadt Negrell und verlobte sich auf der Erde, in Westerland auf Sylt.

Drei nette ältere Herren

Es ist Freitag. Wie an jedem Freitag, treffen sich Karl, Ernst und Willi zu ihrer Männerrunde im Restaurant. Es wird Kaffee getrunken und geklönt über Gott und die Welt. „Mein Sohn hat sich ein Trecking-Rad gekauft, das ist ja ganz etwas anderes als ein Mountainbike!", sagt Willi. „Willi, ich fahre noch mit der alten Drei-Gang-Schaltung. Erzähl', wie läuft das Rad denn so?", fragt Ernst. Und so gingen die Gespräche weiter, vom Fahrrad über den

gestern gesehenen Film, bis zu Fußball. Karl, Ernst und Willi sind auch ausgesprochenen Fans dieser Sportart. Nun ja, eigentlich tut dies alles nichts zur Sache. Es wäre auch irgendwie langweilig. Die drei Männer kommen immer mit dem Bus zum Restaurant. „Lass' uns Omi 32 nehmen, dann geht es schon mit unseren Gesprächen sofort los.", schlug Karl vor vielen Jahren vor. Karl meinte damit die Linie 32 im gelben Omnibus. Er stieg zuerst ein. An der Luisenstraße stieg Ernst dazu.

Zuletzt Willi an der Ecke Bismarckstraße/
Ernst Becker Weg. Gegen 12 Uhr 30
beenden die Herren ihre Runde. 3 Mal das
kleine Frühstück, ein Mettbrötchen für
jeden extra und viel Kaffee sind vertilgt.
Würden sie das große Frühstück nehmen,
so könnten sogar noch etwas einsparen.
Aber egal, wie gesagt, es tut nichts zur
Sache. Der Omnibus der Linie32 in Gelb mit
der Werbeaufschrift der Konditorei
Meiering und Mehlmann kam pünktlich, wie
immer. Aber auch wie immer waren Karl,
Ernst und Willi die einzigen Fahrgäste.
Busfahrer Kurt wird schon lange per „du"
begrüßt. Außerhalb des Ortes geht es
bergauf. Rechts geht es einen Hang
hinunter, bis zu einer grünen Wiese. Am
Ende eine Baumreihe säumt die schöne
Allee zum Weckenberg. Karl, Ernst und Willi
plauderten gerade über die Einbruchsserie
im Dorf. „Gert Hoffmann muss einfach mehr
auf Streife gehen.", sagt Willi, „früher gab
es das nicht!"… „Ja, früher.", sagt Ernst. In
diesem Augenblick gab es einen gewaltigen
Knall. Ein Reifen platzte. Der Bus kam von

der Straße ab, holperte direkt über die Wiese. Der Bus überschlug sich nun mehrfach. Die Männer wirbelten umher, starben noch bevor der Bus vor den Bäumen zum Liegen kam. Der Busfahrer überlebte... „Ja, früher war alles besser.", sagt Ernst... über den Dingen stehend. Karl und Willi stimmten zu: „Genau, so war es."

Fünf Stunden Angst

Der Flughafen im Osten Amerikas war immer gut besucht. Er lag auf dem Weg in ein Erholungsgebiet. Heute ist Samstag 11 Uhr 30. Eine Schlechtwetterfront ist zwar angesagt, aber es würde wohl eher vorbeiziehen. Die Kinder spielten freudig im großzügig eingerichteten Flughafen. Das Restaurant öffnete gerade zum Mittagstisch. „Wie immer.", sagt Joe zu seiner Frau, „die Kinder wollen Burger!" Plötzlich verschwand die Sonne, es wurde dunkel. Eine riesige, schwarze Wand kam auf sie zu. Furchteinflößend. Von den 16 Grad an diesem Spätherbsttag sank das Thermometer auf -1 Grad. Schneegestöber, Hagel, ein weiterer Temperaturabfall auf - 10 Grad. Die grellen blitze waren beängstigend. Die letzte Nachricht aus dem Tower eines großen Passagierflugzeuges war: „Notlandung in 15 Minuten." Danach fiel der Strom aus. Die Notbeleuchtung und die Notausgänge funktionierten. Schreie, ein wildes Herumlaufen. „Mami, Mami!", rief Angela, Joes Tochter. Das Flugzeugpersonal berechnete von Hand den Kurs der Maschine. „Mein Gott", sagt Dean Ricks. „die Maschine wird den Flughafen treffen. Auf der vereisten Rollbahn kann sie nicht bremsen." Dean rannte los, um die Menschen im Flughafen

zu warnen und zu evakuieren. Noch 11
Minuten. Es waren jetzt – 17. Grad. In der
Flughafenhalle organisierte Dean die
Evakuierung. „Und dann?", sagte Joe. „was
machen wir im Freien bei der Kälte?" Joe
war Stuntman. Er überflog mit seinem
Trans-Am mehr als 80 Meter über geparkte
Autos. Joe überlegte und hatte eine Idee.
Nun rief Joe die Autobesitzer auf, eine
Mauer aus Autos zwischen dem Flughafen
und der ankommenden Maschine zu
bauen. „Denkt an die Kinder!", rief er noch.
Einige Menschen folgten dem Flugpersonal
ins Freie. Jetzt waren es -19 Grad.
„Unmöglich mit T-Shirt!", rief Kathy. „zurück
in das Gebäude!" Joe startete mit 50
Männern und ihren Fahrzeugen zur
Landebahn. Dean hatte ihnen vorher die
Landebahn angegeben. Noch 8. Minuten bei
– 22. Grad. Alle Fahrzeuge wurden quer
zur Landebahn aufgestellt. Einige fahren
gleich von der vereisten Landebahn in die
Wiese, mit mittlerweile 20 cm Schnee,
andere starteten erst gar nicht, 2 flüchteten
mit ihren Familien Richtung Westen. Die

Männer verließen die Fahrzeuge und schlenderten zum Flughafen. Die Fahrzeuge verschwanden im Dickicht des Unwetters. Donnernde Geräusche. Nun müsste die Maschine kommen. Sie war überfällig. Plötzlich schoben sich die Fahrzeuge ineinander, ein Krachen, Turbinenheulen des Flugzeugs, Donnern, Explosionen. Jetzt sah man die riesige Nase des Passagierflugzeuges. Das Fahrwerk, zerbrach. Noch 18 Meter bis zum Flughafengebäude, 15 Meter, 8 Meter, das erste Auto wurde quer durch die Flughafenscheibe gedrückt. Die Menschen schreien, laufen wild umher. Dann wurde es ruhiger, aber es gab keine weitere Explosion. Alle überlebten diesen Horror-Unfall. Verletzte gab es, Aber das heilt. Es ist immer noch Samstag. Jetzt 17 Uhr und die Sonne scheint wieder.

Alterslos waren sie

Beide waren um die 50 Jahre. Aber niemand
sah ihnen an wie alt sie waren. Unglaublich
aber war, sie sahen aus wie zwei 20 jährige
Teenager. So gaben sie sich auch. Kleideten
sich flippig und jugendlich. Redeten
überlegen und auch oft albern. Wo kamen
sie her? Wer waren sie? Sie wussten es
selbst nicht genau. Zwar kannten sie ihren
Geburtsort. Hatten beide ein aufregendes
und zum Teil auch schlimmes Leben hinter
sich. Trotzdem hatten sie das Gefühl
irgendwo aus einer anderen Dimension zu
kommen. Unglaublich waren ihre Gedanken
und das Wissen über die Welt und alle
Zusammenhänge. Unglaublich auch die
Gespräche, die immer mehr in eine ferne
Richtung gingen. Eine Richtung, die nur Julia
und Lukas kannten. Ja, sie waren etwas
Besonderes. Sie waren anders.

Nicht nur im Aussehen und Denken,
sondern auch in den Tiefen ihrer Herzen. Sie
hatten Sehnsucht. Sie sehnten sich nach
etwas, was sie noch nicht definieren

konnten. Doch sie glaubten fest daran, nicht von der Erde zu sein. So unglaublich es auch klingt. Sie schafften sich ein kleines Paradies. Ein Zimmer, das ihnen heilig war. Sie schmückten es mit schönen Dingen aus. Ein Kamin knisterte am Abend, wenn sie sich dort hin zurückzogen. Leise, romantische Musik ertönte aus der Musikanlage und lud zum Träumen ein. Das abendliche Glas Wein gehörte auch dazu. Jeden Abend ab 8 Uhr zogen sie sich darin zurück. Sie legten sich zusammen und ihre Gedanken entflogen in eine andere Welt. Immer wieder mussten sie feststellen, dass sie nicht älter im Aussehen wurden. Sie entdeckten immer wieder Gemeinsamkeiten. Das Verlangen und die Liebe füreinander wurde immer intensiver und tiefer. Auch das Verlangen, gemeinsam in eine andere Welt zu gehen wurde größer. Doch eines Abends, als sie in ihr Paradies eintauchen wollten, fanden sie nicht ihr Zimmer vor, sondern eine rotes Raumschiff auf einem riesigen Platz. Ein mit Glitzerstaub umhülltes Lichtwesen kam eine

Leiter herunter, besser gesagt, es schwebte. Es sagte mit der Kraft seiner Gedanken: „Bitte kommt nach Hause, eure Zeit ist abgelaufen. Ihr habt gezeigt was Liebe wirklich bedeutet und den anderen vorgelebt. Ihr habt es wirklich verdient wieder in die Welt zu gehen, die eure Heimat ist." Julia und Lukas waren glücklich und stiegen ins Raumschiff. Es flog hoch und machte einen Satz nach oben... bis es verschwand. Wenn man nun vermutet, sie nicht mehr wieder zu sehen, dann irrt man sich. Einmal im Jahr, im Spätsommer, gehen sie Arm in Arm auf der Erde spazieren und werden jedes Mal bewundert, wie toll beide aussehen. Außerdem wollen sie als Beschützer der Liebenden immer an Ort und Stelle sein, wenn sie gebraucht werden. Trotzdem sind sie jedes Mal froh wieder zu ihrem Heimatplaneten fliegen zu können.

Am Rande der Verzweiflung

Lange Zeit, über Jahre hinweg, lief die große Firma von Hartmut Schulte sehr gut. Wurst und Fleischwaren bester Qualität wurden produziert und vertrieben. Die Abnehmer waren Großunternehmen, sowie kleinere Firmen. Landesweit hatte Schulte einen Namen und seine Produkte waren einzigartig gut. Finanziell waren er und seine Frau gut abgesichert. Josefa Schulte half oft in der Firma mit. Abrechnungen und Buchführung waren ihre Stärke. Margot Braun, eine Nachbarin, freundete sich mit Josefa an. Sie bewohnten eine moderne Reihenhaussiedlung im teuersten Stadtteil von München. Außerdem hatten sie ein kostspieliges Hobby. Eine Jacht, von erheblicher Größe, konnten sie zu ihrem Eigentum zählen. Hartmut liebte Josefa sehr. Aber da war noch seine an Alzheimer erkrankte Mutter. Die Krankheit zog sich schon über viele Monate hin und wurde immer unerträglicher. Nach ihrer Arbeit in der Firma kümmerte sich Josefa noch um

Hartmuts Mutter. Nebenher jedoch, musste
die Firma laufen. Sämtliche Gedanken
kreisten aber nur um die kranke Frau. Eines
Morgens schellte es an der Tür. Ein
Einschreiben vom Gericht. Hartmut und
Josefa wurden angezeigt, aufbereitetes,
altes Fleisch in den Handel gebracht zu
haben.

„Mein Gott", sagte Hartmut, „wer
behauptet denn so etwas?" Ich kann nicht
mehr." Noch ein paar Tage dann kommen
Kontrolleure, die alles unter die Lupe
nehmen. Josefa, war entsetzt: „Wir haben
immer nur das Beste an Fleisch verkauft
und uns noch nie etwas zu Schulden
kommen lassen."… „Nein, nie", antwortete
Hartmut, „Was machen wir denn jetzt?"
„Nichts, Josefa, wir können nur abwarten,
wie das Ergebnis ausfällt. Dann wird sich
alles klären, denn es ist ja nichts zu finden."
Am nächsten Tag meldete sich Margot
Braun, die Nachbarin. „Josefa, hast du
schon den Münchner Anzeiger gelesen? In

Großbuchstaben auf der ersten Seite wird über euren Betrieb geschrieben.

Aber ich würde dir raten, dir nichts durchzulesen. Es ist schlimm genug, was sie für Lügen über euch verbreiten." „ Schultes Wurst und Fleischwaren sind in der ganzen Welt bekannt. Vor allem die Güte und Qualität. Wenn sich nicht schnellstens alles aufklärt, werden wir ruiniert sein.", sagte Hartmut, „aber wer will uns ruinieren und warum?" Margot verabschiedete sich mit einem Grinsen im Gesicht. „Ich muss wieder los" meinte sie, „macht euch mal keine Gedanken. Es wird schon wieder." Die Erkrankung der Mutter nahm wieder neue Formen an. Josefa konnte nun nicht mehr in die Firma, sondern musste sich um die kranke Frau kümmern. Dieses ständige Aufpassen, Beobachten und Wiederholen nervte ganz schön. Aber ob sie wollte oder nicht, sie musste da durch. Hartmut und sie mussten sich wohl damit abfinden, dass sich nichts bessern würde. Derweil kümmerte sich Hartmut um die Kontrolleure, die doch tatsächlich schlechtes Fleisch gefunden hatten. Auch nicht etikettierte Ware fanden sie vor. „Herr Schulte, wir werden heute die Firma schließen müssen.", sagte der Beamte von der Lebensmittelkontrolle. „Aber das gibt es doch nicht. Ich beziehe mein Fleisch schon seit Jahren, von Bauern aus der Region. Habe mir mit meinem guten Ruf einen Namen gemacht und einiges aufgebaut. Nun bin ich ruiniert. Tut uns leid, aber wenn wir immer nur den Beteuerungen der Leute glauben würden, dann sähe es sehr schlecht aus für den Verbraucher. Am anderen Tag beim Frühstück weinten Josefa und Hartmut. Das hatten sie nicht verdient. Mit all ihrer kraft und mit viel Liebe hatten sie die Firma aufgebaut und nun soll alles umsonst gewesen sein? Wer hatte ihnen nur dieses Leid zugefügt und warum? Sie fanden keine Antwort auf ihre Fragen. In der Post fanden sich zahlreiche Briefe von zufriedenen Kunden, die ihnen Mut zusprachen und den beiden Unterstützung anboten. Im Falle einer Gerichtsverhandlung würden alle für die Firma Schulte aussagen. „Wie schön", sagte Hartmut, „dass man uns nicht alleine lässt." Margot Braun stand wieder einmal vor der Tür. „Hallo Margot!" „Bitte, können wir ein anderes miteinander sprechen? Du siehst doch, dass wir andere Probleme haben."

„Ja klar, sehe ich ein. Ich melde mich später wieder." Josefa ging am darauffolgenden Tag mit Hartmuts Mutter spazieren. Mittlerweile musste sie mit dem Rollstuhl gefahren werden. Sie traf ein paar neugierige Nachbarn, mit denen sich Margot Braun kurz zuvor unterhalten hatte. Alle schauten sie nur von der Seite an und machten einen großen Bogen um sie. So weit ist es nun gekommen, dachte Josefa und musste weinen. Plötzlich rannte Herr Lehnhoff von der anderen Seite herüber, kam zu ihr und sagte: „Frau Schulte, ich will ja niemanden verdächtigen, aber ich beobachtete neulich, wie ihre Nachbarin mit noch ein paar Leuten durch den Lieferanteneingang ihres Betriebes ging. Sie

trugen alle weiße Kittel und weiße Hauben,
so dass man sie nicht erkennen konnte.
Man hätte denken können, sie gehörten zur
Firma. Nur, ich habe diese Frau erkannt.",
sagte Lehnhoff. „Passen sie bitte gut auf,
Frau Schulte, denn sie ist auf all diejenigen
aus der Umgebung neidisch, denen es
finanziell besser geht. Denn soviel ich weiß,
steht das Haus von dieser Familie zur
Versteigerung an und muss in Kürze
geräumt werden." Josefa viel es wie
Schuppen von den Augen. „Ja sicher", sagte
sie, „jetzt, wenn ich darüber nachdenke,
fallen mir einige Dinge ein, die darauf
hinweisen, dass sie Recht haben. Ihre
abgetragenen Sachen sind mir schon längst
aufgefallen. Von den ungepflegten Haaren
ganz zu schweigen. Aber auch, dass sie mich
schon des Öfteren gefragt hat, ob ich ihr mit
etwas Geld aushelfen kann." Franz Lehnhoff
sagte: „Wenn ich ihnen einen guten Rat
geben darf, gehen sie so schnell wie
möglich zur Polizei. Und zeigen sie diese
Frau an. Ich werde auf jeden Fall als Zeuge
aussagen." „Ich danke ihnen, Herr Lehnhoff,

das werde ich umgehend tun." Am Abend erzählte Josefa ihrem Mann davon. Erst ungläubig, aber dann sofort auf dem Sprung sagte er: „Wir werden sie anzeigen, und können nur hoffen, dass die ganze Angelegenheit sich zum Guten wendet. Hoffentlich hatte Lehnhoff Recht." In der Hoffnung aus dieser schmierigen Sache wieder herauszukommen und ihren guten Ruf retten zu können, zeigten sie Frau Braun an.

Bei der Gerichtsverhandlung verstrickte sich Margot Braun in dumme Ausreden, kam damit aber nicht durch, da sich noch ein paar andere Zeugen gemeldet hatten, die ebenfalls alles beobachtet hatten. Hartmut und Josefa Schulte konnten bei ihren Freunden und bei allen Firmen, die sie belieferten, die ganze Sache aufklären. So schnell konnten sie aber diese schlimme Sache, nicht vergessen, denn es trieb sie fast an den Rand der Verzweiflung. Schnell konnten sie den Ruf der Firma wieder herstellen und mit vereinten Kräften

schaffte sie es auch. Die Mutter gaben sie
später in ein Heim, dort wurde sie dann
doch intensiver betreut. Beide erreichten,
dass die Firma noch besser florierte als
jemals zuvor.

Aus der Sicht zweier Gäste im Restaurant

Jeden Freitag gehe ich mit meinem Mann
Gerd zum Frühstück ins Restaurant „Zur
Sonne". Wir bestellen immer vor, denn
sonst bekämen wir keinen Platz mehr.
Dieses schnuckelige Stübchen wird gern
besucht, in der Hauptsache von Rentnern,
die in diesem kleinen Ort ansässig sind.
Wenn wir gegen 11 Uhr kommen, sind

schon alle Tische belegt. Ein reger Gesprächsaustausch ist dann schon im Gange. Nun, wir sind Autoren und lauschen immer gern, was da so gesprochen wird. Heute kam Erich, direkt an unseren Tisch und begrüßte uns freundlich. Seine Kollegen kamen kurz nach ihm herein. Alle setzen sich an einen Tisch und Willi fing die Unterhaltung an. Mein Mann und ich lauschten gespannt. Jedes Mal ist es spannend, die Ohren zu spitzen. Willi, Erich und Fritz sind ein eingespieltes Team. Und die Kellnerin Gabi weiß genau, ohne zu fragen, was die Herren wünschen. Willis Frau musste ins Krankenhaus. Die Galle. Ein Problem, was sie schon lange mit sich herum schleppte. Aber Willi meinte: „Das wird sie gut hinter sich bringen, denn Olga ist ein zäher Brocken." Worauf Erich in die Runde warf: „Du wirst es nicht glauben, Willi, aber Lisbeth und ich hatten in der letzten Nacht Sex, da ging die Post ab. Das Weib ist immer noch gut bei der Sache." Fritz musste lachen: „Meine Herta hat in den letzten 20 Jahren ganz schön zugenommen. Da geht nix mehr, außer Streicheln… hin und wieder." Gerd und ich saßen am Nebentisch und konnten alles deutlich mitbekommen. Wir mussten uns das Grinsen verkneifen, aber für unser neues Buch kamen diese Geschichten gerade richtig. Erich trank nur Cola und die beiden anderen Kaffee in rauen Mengen. Sie schwadronierten ohne Pause: „Wisst ihr schon, dass der Bus einen Umweg fahren muss?"… „Ja, haben wir schon gehört, aber Morgen kommt mein Wagen aus der Inspektion zurück, dann hat sich Busfahren erst einmal erledigt.", sagte Willi. Gerd und ich notierten jedes Gespräch für unser Buch. Zum Schluss schmissen wir noch eine Runde Kaffee für die alten Herren herüber und der Vormittag nahm ein zufriedenes Ende. Wieder mal ein Freitag im Restaurant „Zur Sonne", an dem wir an wunderbaren Gesprächen teilnehmen durften. Gerd und ich wissen schon jetzt, dass der nächste Freitag wieder ein Erlebnis wird.

Bärenerinnerung

Es ist ein warmer, angenehmer Tag. Dr.
Peter Bender schrieb an seinem Buch. Die
Terrassentür quietschte bei jeder
Bewegung. Little Jim machte sich wohl
einen Spaß daraus. Das kleine Löwenbaby
ging immer wieder hinein und hinaus aus
dem Haupthaus. Peter störte das nicht, er
schrieb weiter an seinen Begegnungen und
Geschichten mit den vielen Tieren im
National Park. Gerade beschreibt er, wie er
einem riesigen Bären gegenüberstand. Er
hatte die Pfote gebrochen, um den Hals
eine Schlinge und bei jeder Bewegung, zog
sie sich weiter zu. Peter hatte keine
Betäubungspfeile mehr in seinem Gewehr.
Der Bär, ließ ihn ganz nah an sich heran. Er
merkte die positiven Schwingungen und das
beruhigende Flüstern von Peter. Nun ja, das
ist jetzt schon viele Jahre her. Dr. Peter
Bender war ein sehr erfolgreicher
Schönheitschirurg. Täglich sorgte er dafür,
dass die Menschen noch besser und
schöner aussahen. Irgendwann saß ein

kleines Kätzchen vor der Klinik. Niemand
hatte Zeit, außer Bender. Er nahm sich dem
Tier an. Er versorgte es. Der kleine Kater
war verletzt und Peter Bender spürte, dass
der kleine Stubentiger eine gewisse Liebe zu
ihm aufbaute. Er wurde nachdenklich. Er
überlegte, nicht vielleicht doch in die
Tiermedizin zu wechseln. Diesen Gedanken
hatte er schon so oft. Das viele Geld und der
Ruhm als Schönheitschirurg, machten ihn
nicht mehr glücklich. Er konnte einfach
diese verrückten und eingebildeten Leute
nicht mehr sehen. Peter Benders Kinder
waren durch gute Ausbildungen gut
versorgt. Lisa, seine Frau, verstarb sehr
früh. Peter wollte einen neuen Weg
einschlagen und verkaufte alles, was er
besaß. Er kaufte neue Ausrüstungen und
welch ein Zufall oder war es etwa eine
Fügung? Sein Freund Tierarzt Dr. Jack
Lahome gab seine Praxis aus Altersgründen
auf. Jedoch suchte Lahome noch eine
Herausforderung. Beide bauten schließlich
im National Park die Animal Home Station

auf. Mit weiteren fünf Helfern versorgten sie sämtliche Wildtiere.

Oft war es ein sehr gefährliches Unterfangen. Gerade kommt Dan zur Station zurück. Mit seinem Jeep umkreist er großräumig das Gelände, um herannahende gesunde Tiere zu entdecken, die auf Beutefang sind und meinen, in der Station einen leckeren Happen zu bekommen. Dan übernahm das Funkgerät. Peter wollte nur kurze Zeit am Wasserfall verbringen. Später dann, wollte er an seinem Buch weiter schreiben. Den Jeep tankte er noch voll und verstaute die Betäubungspfeile. Nun fragte er Dan, wo sich die anderen Freunde befinden. Etwa 15 Meilen entfernt war ein Wasserfall. Es gab keinen befestigten Weg und manchmal mussten Äste und ganze Bäume aus dem Weg geräumt werden. So manche Achse, am Jeep musste aus diesem Grund schon gewechselt werden. Am Wasserfall angekommen, nahm Peter erst einmal ein Bad. Danach beobachtete er mit dem Fernglas einige Affen. Peter amüsierte sich sehr über ihr Verhalten. Er musste sich zwangsläufig an die Katze erinnern, wie sie die Kissen zerlegte, die Schuhbänder aus den Schuhen zog und versteckte. Allerdings bemerkte er nicht, dass er beobachtet wurde. Tatsächlich, bewegte sich im nahegelegenen Gebüsch etwas. Peter war in Gedanken. Denn wenn er richtig beobachtet hätte, so hätte er bemerken müssen, dass große, schwere Stiefel und ein Gewehrlauf zu erkennen gewesen wären. Aber leider achtete er nicht darauf. Immer mehr Gewehre und Stiefel wurden sichtbar. Da waren Wilderer unterwegs. Zu spät bemerkte er sie. Sie saßen auf der Motorhaube seines Jeeps und zerschlugen das Betäubungsgewehr. Peter hatte keine Chance. „Hands up!", riefen die Wilderer. Zu spät. „Was wollt ihr von mir?", rief er. „Geld, Elfenbein oder sonstige Reichtümer besitze ich nicht." Vor kurzer Zeit wurden zwei Wilderer gefangen genommen und nun wollten ihre Freunde sie frei bekommen, indem sie versuchten, Peter zu erpressen. Sie wussten, dass er gute

Kontakte zum Park Officier hatte. Nur leider merkten die Gauner nicht, dass auch sie beobachtet wurden. Sie waren sich ihrer Sache wohl sehr sicher.

Die Vorräte im Jeep wurden geplündert und Peter gefesselt. Diese heikle Situation wurde weiterhin beobachtet. Dumpfe Schritte und ein Raunen waren plötzlich zu hören. Ein paar schwere Faustschläge und die Wilderer lagen am Boden. Die Hiebe waren so kräftig, dass alle Gauner bewusstlos waren. Peter erkannte ihn sofort. Es war der gerettete Bär mit der gebrochenen Pfote und der Schlinge um den Hals. Die Halsabdrücke erkannte Peter sofort. Die ganze Aktion wurde vom Officer über das Funkgerät mit angehört. Er lokalisierte den Tatort und fuhr mit seinen Leuten los. Der Bär und Peter verabschiedeten sich mit einem Augenzwinkern. Wieder war sich Peter sicher, dass er seine Lebenszeit nur der Gesundheit für die Tiere widmen wollte,

aber nicht wieder diesem Schönheitswahn
der Menschen.

Bittere Kälte in Kanada

Es war Dezember. In Kanada lag der Schnee
Meterhoch. Die Holzfäller Familie Jack und
Hellen Smith saßen in ihrem Holzhaus, das
sie sich mit viel Liebe vor Jahren aufgebaut
hatten, fest. Es war bitterkalt in diesem
Winter. Eine erbarmungslose Kälte griff um
sich. Trotz Ofen und anderen
Möglichkeiten, sich warm zu halten, gelang
es ihnen nicht, der Kälte zu trotzen. Jack
fing vor vielen Jahren an, hier in den
Wäldern von Kanada selbstständig zu
arbeiten und Holz zu schlagen. Er musste
dann mit entsprechenden Gerätschaften,

die Stämme zur nahegelegenen Holzverarbeitungsfirma bringen. Das war immer mit vielen Risiken verbunden, denn wenn die Maschinen nicht mehr funktionierten, konnte er kein Geld verdienen. Dies ist in der Vergangenheit sehr häufig der Fall gewesen.

Die teuren Reparaturen konnten sie sich nicht immer leisten. Sie lebten quasi von der Hand im Mund und nichts konnte zur Seite gelegt werden. Ganz schlimm ist, dass sie sich kaum Vorräte für die Versorgung angeschafft hatten. Fast alles ist in ihrem Leben ist bis jetzt schief gelaufen. Jacks Vater übte auch diesen Beruf aus, konnte aber seine Familie davon sehr gut ernähren. Hellens Eltern besaßen einen riesigen Holzvertrieb, den sie aber wegen der schweren Krankheit des Vaters verkaufen mussten. In diesem Betrieb lernte sie Jack kennen, der dort als Schreiner arbeitete. Sie nahmen sich vor, in Ottawa zu heiraten und auch dort sesshaft zu werden. Nur alles kam ganz anders. Nun hingen sie in den tiefsten Wäldern Kanadas fest und standen kurz vor dem Erfrieren. Um nicht zu verhungern und um ihren Magen zu füllen, tranken sie warmes Wasser. Jack und Ellen waren der Verzweiflung nahe. Glaubten ihren Verstand zu verlieren. Nein, sie wollten nicht aufgeben. Die Schneestürme fegten über das instabile Dach. Ein Fenster zersprang und noch mehr Kälte kam herein. Hellen Smith, die eigentlich aus den kritischsten Situationen immer noch das Beste herausholen konnte, kapitulierte. Sie kauerten immer enger zusammen. Jack war ein guter Schütze und konnte immer für genügend Fleisch sorgen. Nur jetzt bestand keine Möglichkeit etwas zu erlegen. Bei dieser Kälte hielten die meisten Tiere ihren Winterschlaf und verkrochen sich in ihre Höhlen. An Nahrung war nicht zu denken, zumal Jack nicht in der Lage war, sich für diese Jahreszeit Vorräte anzuschaffen. Die Kälte wurde immer fordernder. Zusätzlich kam durchs Fenster Schnee herein. Was sollten sie nur tun? Kaum, dass sie einen klaren Gedanken fassen konnten, da brach schon der erste Dachbalken ein. Tagelang ging es nun so. Sie hungerten und ihre Glieder waren blau angelaufen. Mit letzter Kraft erinnerte sich Jack daran, dass er noch ein altes Funkgerät im Kellerraum hatte.

Es musste nur wieder funktionieren. Bitte Gott, hilf uns. Wenn ja, könnte sie eine Chance bekommen hier wieder lebend herauszukommen. Wenn nicht, waren sie für immer verloren. Da seine Glieder schon fast starr und taub vor Kälte waren, kroch er auf allen Vieren zur klappe des Kellerraumes. Sie war sehr schwer und er musste seine übriggebliebene Kraft dafür aufwenden. Im letzten Moment, schaffte er es dann doch noch sich in den Keller hinunter zu hangeln Hellen schrie: „Bitte beeil dich, ich kann nicht mehr." Jack fand das alte, verstaubte Funkgerät. Es musste nur, wenigstens dieses eine Mal noch, seinen Dienst aufnehmen. Die Stürme wurden immer stärker und der Schnee lag meterhoch auf dem Haus und vor dem

Hauseingang. Selbst hinaus ins Freie könnten sie nicht mehr. Hellen verlor ihr Bewusstsein. Der Hunger und die Kälte, haben ihr arg zugesetzt. Währenddessen versuchte Jack sein Bestes und um das Gerät wieder in Gang zu setzen. Er versuchte ein Funksignal, mit der Bitte um Hilfe, abzugeben. Es tat sich nichts und Jack resignierte. Auch er schloss mit dem Leben endgültig ab. Gerade als er versuchte, wieder nach oben zu klettern, vernahm er ein piepsen. Noch sehr unklar, aber man konnte es verstehen. „Hallo, Hallo. Was gibt es?" Er konnte seinen Ohren nicht trauen. Was war das? Doch noch eine Rückmeldung auf seine Hilferufe. Also funktionierte es noch. Er meldete sich nochmal und gab den ungefähren Standort seines Hauses durch. Eigentlich ist das Holzhaus schlecht zu finden, denn auf Grund der damaligen Arbeitslage mussten sie in der Nähe von Jacks Arbeitsplatz bauen. Wieder bekam er Antwort: „Wir tun unser Bestes. Haltet durch. Wir fliegen mit dem Helikopter die Gegend ab. Versprechen können wir allerdings nicht, ob es klappt, denn das Wetter ist sehr schlecht." Hellen kam wieder zu sich und rief nach ihrem Mann, der kurz vor einer Bewusstlosigkeit stand. Der Erfrierungstod stand beiden im Gesicht geschrieben. Warme Decken und ein Ofen, der eigentlich immer das ganze Haus erwärmte, halfen nicht mehr. Ein zweiter Balken knallte auf den Dachboden. Jetzt war es nur noch eine Frage der Zeit, wann der mit Schnee gefüllte Dachboden durchbrach.

Die Dunkelheit brach herein und es bestand kaum noch die Chance auf eine Rettung. Die Sicht, war sehr schlecht, und die Schneestürme nahmen zu. „Jack, hörst du das auch.", sagte Hellen. Ein Geräusch, als wenn ein Flugzeug ganz nah hier über uns kreisen würde. „Ja", sagte er, „es könnte der Helikopter sein, der uns retten will." Sehr schnell aber, war dieses Geräusch nicht mehr wahrzunehmen. Alle Hoffnung, war verflogen. Ihnen war jetzt ganz klar, dass sie sterben mussten. „Hellen, wir müssen sterben. Es waren schöne Jahre, wenn auch sehr schwere Zeiten manchmal. Auch wenn wir uns gestritten haben, was sehr selten vorkam, so haben wir uns immer wieder zusammengerauft. Bitte verzeih mir, meine Liebe." Beide glitten in die Welt der tiefen Träume ab, sie merkten nichts mehr.

Jack und Hellen Smith erwachten erst im städtischen Krankenhaus von Ottawa wieder auf. Mit schwersten Erfrierungen konnten sie im letzten Augenblick gerettet werden. Das Holzhaus mussten sie aufgeben und bauten später neu in Ottawa alles auf. Jack ging in seinen alten Beruf als Schreiner zurück und Hellen arbeitet nun in einer Bank. Die kanadischen Wälder waren nie mehr ein Thema für Jack und Hellen Smith.

Das Haus des Herrn Brixx

Jahrelang schon kannte ich das alte Haus in der Washington Street in New Orleans. Wir wohnten in der unmittelbaren Nachbarschaft. Ein Loch im Zaun verband unsere Gärten. Meine Großeltern, kümmerten sich um das Gärtchen und gaben sich die größte Mühe, um es in Schuss zu halten. Da dort nur Obst und Gemüse angepflanzt wurde, übersah man, dass ich auch noch da war. Wo sollte ich spielen? Es gab einfach keinen Platz für mich. Doch eines Tages sah ich ein Loch im Zaun und ich die Gelegenheit war da, um regelmäßig hindurch zu schauen. Was sah ich? Einen verwilderten Garten des Ehepaares Brixx. Ein wenig enttäuscht war ich schon. Das hatte ich natürlich nicht vermutet. Herrn Brixx nannten meine Großeltern King des Saxophons. Von meinem Zimmer aus konnte ich ihn immer spielen hören. Diese Klänge gingen mir einfach nicht aus dem Kopf. Automatisch spürte ich ein Kribbeln im ganzen Körper.

Ich bewegte mich im Takt der wunderbaren und für mich berauschenden Melodien. Aber auch wenn ich in dem Garten der Eheleute spielte, überkam mich ein Gefühl der Harmonie. Aber konkret, konnte ich dieses Gefühl nicht beschreiben. In dem Garten, befand sich ein Baumhaus und ich konnte von dort oben direkt in das Musikzimmer der Eheleute Brixx schauen. Immer und immer wieder, versuchte ich in diesem Haus etwas Interessantes zu finden. Viele Jahre vergingen und jedes Mal, wenn ich an diesem Haus vorbei musste, hörte ich den alten Brixx spielen. Meine Lieblingsfächer in der Schule, waren Biologie und Physik. Musik lag mir nicht besonders, da ich keine Noten lesen konnte. Da schnitt ich am schlechtesten ab. Mein Berufswunsch war Chemiker in der großen Firma Bel Carbo. Dort war meine ganze Familie, aber auch Mr. Brixx beschäftigt. Alleine vom Saxophon spielen, konnte sich das Ehepaar nicht über Wasser halten. Später studierte ich Chemie an der High School in der Nachbarstadt. Ein Oldsmobile war mein erstes Auto. Der Wagen kostete mich 500 Dollar. Ständig konnte ich neue Roststellen ausmachen, aber die Kiste lief und lief. Einfach, jedenfalls für mich, ein Traumauto. Der Stadtsender "Seven Night Morning" war mein morgendlicher Begleiter. Ohne dort hineingehört zu haben ging gar nichts. Aber wenn ich an dem Haus des Ehepaares Brixx vorbeifuhr, war plötzlich der Sender weg und es ertönte leise Saxophon Musik. Es war fast eine gespenstische Situation. Mein Studium lief ganz gut. Ich legte mir ein Hobby zu, das Baseballspiel… es wurde meine Leidenschaft. Dafür wurde ich nicht in der Musikband aufgenommen, weil ich einfach nicht in der Lage war, mit Noten umzugehen. Nur die Brixx Melodie ging mir einfach nicht mehr aus dem Sinn und ich summte sie ständig nach. Irgendwann ging auch mein Studium zu Ende. Ein leitender Job bei Bel Carbo, war das Resultat meiner Bemühungen. Noch viele Jahre begleitete mich das Oldsmobile. Dann, eines guten Tages, lernte ich dann Beth kennen. Wir verabredeten uns für unser erstes Treffen in Smith's Bar. Mit dieser Frau konnte ich mich über Gott und die Welt unterhalten, einfach über alles. Unsere gemeinsamen Träume nahmen kein Ende. Wir sprachen von einem Haus und wollten auch Kinder haben. Die Zeit verging, doch eines guten Tages, kaufen wir uns ein Haus und einen tollen Wagen, denn schließlich verdienten wir beide genug. Dann wurden Lois und Frank geboren. Das Oldsmobile gab nach fast 800.000 Meilen den Geist auf. Jetzt wurde ein Dodge unser Familienauto. Es wurde mit der Zeit unheimlich. Auch bei diesem Fahrzeug erklang jedes Mal die Saxophon Musik, wenn ein bestimmter Sender eingeschaltet wurde und am lautesten erklang diese Melodie, wenn man an dem Haus des alten Brixx vorbei fuhr Ich wurde nun stutzig, denn die Sender waren alle auf SNM55 eingestellt. Was passierte mit dem Haus des Ehepaares Brixx? Dieses Haus war so sehr in meinen Gedanken, dass ich nie darüber nachgedacht habe, was eines Tages damit geschehen könnte.

Irgendwann ging ich wieder in diesen verwilderten Garten. Das Baumhaus existierte nicht mehr. Es war im Laufe der vielen Jahre zusammengebrochen. Nie ging ich weiter. Hinter einer damals kleinen Hecke, mittlerweile einem riesigen Gebüsch, war der Hintereingang. Ich hatte ein komisches Gefühl, denn dieser Eingang stand etwas offen. Was erwartete mich wohl, wenn ich hineinging? Ich wunderte mich über mich selbst, dass ich das nicht schon eher getan habe.

Ich öffnete die Tür und Spinnengewebe kam mir entgegen. Auch war es sehr verstaubt und roch modrig. Wieder spürte ich dieses Kribbeln in mir. Ein Gefühl der Wärme und Vertrautheit. Vorsichtig ging ich die Treppe hinauf. Es zog mich regelrecht in die obere Etage. Ich öffnete ein Zimmer. Es war ein Kinderzimmer. Alles kannte ich irgendwie. Es war schon komisch. Aber ich hätte nie damit gerechnet, dass Eheleute Brixx Kinder in die Welt gesetzt haben. Niemand konnte mir diese Fragen beantworten. Unbenutzt sah das Kinderbett aus. Ich hob die Bettdecke hoch und stellte fest, dass darunter ein Saxophon lag. Es gehörte Brixx. Seine Initialen waren eingraviert. Plötzlich nahm ich, wie in Trance das Instrument und fing an zu spielen. Es war schon eigenartig, denn ich konnte es ja vorher nicht. Stundenlang spielte ich nun die gleichen Lieder, die Brixx immer spielte. Behutsam legte ich das Saxophon wieder weg. Was ist hier los? Was war früher? Wer bin ich? Ich musste unbedingt Nachforschungen anstellen. Das tat ich dann auch. 1912 kaufte Ehepaar Brixx das Haus. Damals war er 35 Jahre alt. Seine Frau 26. 1927 gab es eine Explosion in der Fabrik Nach dem Tod der Eheleute meldete sich kein Erbe. Das war alles, was ich heraus bekam. Nun wusste ich Bescheid… Stundenlang grübelte ich und mir wurde einiges klar. Ich spielte jeden Tag auf diesem Saxophon und fand zu letztendlich einen Brief unter dem Kopfkissen des Kinderbettes.

Mein geliebter Sohn.

An einem herrlichen Maitag, kamst du 1925 zur Welt. Ich musste sehr viel in der Fabrik arbeiten, weil das Haus noch nicht bezahlt war. Ein Jahr nach deiner Geburt, starb dein Vater. Er wurde nur 49 Jahre. Nach der Explosion in der Fabrik, war ich total entstellt. Ich schämte mich. Was sollte werden? Wie würdest du reagieren, wenn du mich so siehst? Nein das konnte ich nicht zulassen. Bitte vergib mir, mein Sohn, dass ich dich zu den Nachbarn geben musste. Deine jetzigen Eltern, konnten keine Kinder bekommen. Bitte verzeih mir nochmals. Jeden Tag, werde ich Vaters Schellackplatten spielen. Ich liebe Dich.

Deine Mum.

Der Baum

Karl war ein stolzer Ritter. Wenn es ihm
möglich war, so traf er sich immer mit
Siglinde. Auf der grünen Wiese vergnügten
sie sich. Sie lachten und küssten sich.
Siglinde brachte immer einen gut gefüllten
Korb mit allerhand Leckereien mit. Karl
griff herzhaft zu. Es war sein letzter
Kreuzzug. Außer ein paar Stichwunden ist er
unversehrt geblieben. Mit Siglinde wollte er
ein neues Leben weit entfernt im Süden
beginnen. So entkamen sie dem schwarzen
Tod. Plötzlich traf mich eine Bleikugel. Nun
gut, ich war noch im Wachstum, aber sie
blieb ein Leben lang in meinem Stamm. Ich
erinnere mich auch gern an Rüdiger und
Liebermann. Wie oft spendete ich ihnen
Schatten wenn sie ihre langen
Schachpartien spielten. Eines Tages gesellte
sich Tiberius hinzu. Er hatte die Neuigkeit zu
erzählen, dass es nur noch Arabische Zahlen
gibt und nicht mehr die Römischen.

Prompt ritzte er in meinen empfindlichen
Stamm einen Kreis ein und sagte, dass

nennt man Null. Ein neuer Sommer brach
an. Konstanze breitete unter meinen weit
ausgebreiteten Armen eine Decke aus mit
lauter Köstlichkeiten. Ihr Liebster liebkoste
Konstanze. Beide genossen die frische,
saftige Luft der grünen Wiese. Bevor
Konstanze aus einem dieser neuen,
wunderbaren gebundenen Schriften als
Buch etwas aus der Wissenschaft erfuhr.
Eine lebhafte Diskussion erlebte ich einige
Sommer später. Zwei Freunde unterhielten
sich über die Sonne. Wie oft habe ich sie
schon aufgehen und wieder untergehen
sehen. Ich habe die Wärme genossen. Beide
diskutierten heftig darüber, dass sich die
Erde nun um die Sonne dreht. Ach, was
interessiert es mich. Viele Paare liebten sich
unter meinen schützenden Armen. Ich habe
mich immer sehr gefreut. Dann sah ich 30
Jahre nur eine Verwüstung. Viele Kugeln
trafen mich. Ein junger Mann betete zu
Gott. Ein anderer wurde von einer Kugel
getroffen. Ach, hätte es doch lieber mich
erwischt. Ganz erschrocken bin ich gewesen
als dicht neben mir Brüder und Schwester

aufgestellt wurden. Ohne Arme. Ganz kahl
waren sie. Verbunden wurden sie mit
langen Leinen. Ich hörte wie zwei Arbeiter
während der Pause von Telegraphie
sprachen. Nun, wenn es unbedingt sein
muss. Aber wieviel schöner wäre es
gewesen, wenn diese Geschwister Blüten
tragen würden. Jetzt glühen nur die Drähte.
Ganz in meiner Nähe wurde ein fester Weg
angelegt. Mit Staunen sah ich, dass die
Fuhrwerke nun ohne Pferde auskamen.
Dafür war es aber laut und ein
unangenehmer Geruch lag in der Luft.
Trotzdem amüsierten sich Luise und ihr
Herrmann bei mir. Wir alle waren sehr
glücklich.

Wieder und immer wieder wurde ich von
Kugeln getroffen. Ein riesiges Loch neben
mir in der Erde hätte mich fast vernichtet.
Aber ich konnte mich noch so eben
abstützen. Danach kam eine sonderbare
Zeit. Junge Leute brachten Fröhlichkeit,
Tanz und Geräte mit, aus denen sie eine
ganze Kapelle aus einem kleinen Kasten

hörten. Einige brachten schwarze Scheiben mit. Renate war ganz begeistert von einem gewissen Elvis, der mich aber nie besuchen konnte. Im Laufe der Zeit habe ich viel gesehen, gehört und erlebt. Heute haben die jungen Leute Knöpfe im Ohr. Über mir donnern schwere Fahrzeuge durch die Luft. Ich stehe immer noch auf der grünen Wiese, denn mittlerweile bin ich ein sehr alter Baum.

Der Geist der Zukunft

Lang blonde Haare, einen sehr schönen Körper, die wunderbare Bildung. Noch viel mehr könnte man über Roberta aufzählen. Sie war eine junge Frau im besten Alter. Nun suchte sie Zärtlichkeit, Liebe,

Geborgenheit, einen lieben Mann, der mit
ihr die durchs Leben gehen möchte.
Roberta ist Krankenschwester, geht ganz in
ihrem Beruf auf. Ja, man kann sagen, es ist
ihre Berufung. Sie hilft allen, kein Weg ist
ihr zu weit, keine Arbeit zu viel. Zu allen
Zeiten wurde Roberta beobachtet. Eines
Tages, Roberta hatte einen anstrengenden
und langen Arbeitstag hinter sich, fuhr sie
rechts ab in die Kirchhofstraße. Noch etwa
500 Meter bis zu ihrer hübsch
eingerichteten Wohnung. Es war eine
Vorfahrtstraße. Sie konnte nicht damit
rechnen, dass der schwere LKW weit
ausholte. Er bog dann in die Nebenstraße
ein. Zumal der LKW Fahrer viel zu schnell in
die Kurve fuhr. Aber auch hier ist zu sagen,
ob Alkohol, zu hohe Geschwindigkeit oder
Unachtsamkeit, es tut nichts zur Sache. Auf
jeden Fall kollidierten die Fahrzeuge. Benzin
entzündete sich. Roberta wurde stark
verbrannt und entstellt. Ihr Gesicht war den
Rest ihres Lebens unkenntlich gemacht,
durch diesen Unfall. Roberta weinte immer,
mied die Öffentlichkeit und ging nur noch

im Dunkeln raus. Am Abend flüchtete sich die junge Frau in einen Traum. Es war ein herrlicher Strand am Meer.

Da war er plötzlich, ein bildschöner Mann, zärtlich und einfühlsam. Sehr verständnisvoll war er auch. Er stellte sich als David vor. Braune, fast schwarze Haare und etwas länger. Kann man bei einem Mann von Schönheit sprechen, dann trifft es bei ihm zu. David war nur für Roberta da, nur für sie. Die Jahre vergingen. Robertas Figur war immer noch einmalig. Die langen Haare verdeckten die Verletzungen im Gesicht. Aus Angst, man könnte etwas sehen, übernahm sie nur Spätschichten. Ihr Wille, Gutes zu tun, brach nie ab. Bei einem Einkauf, beobachtete sie einen Mann, der sehr viel Ähnlichkeit mit ihrem Traummann hatte. Es kribbelte in ihrem ganzen Körper. Sie hatte sich sofort verliebt, dachte nur noch an diesem Mann. Eine Woche später, traf sie ihn wieder. Ihre Einkaufswagen stießen zusammen. Er entschuldigte sich. Ein Gespräch zwischen den jungen Leuten

entwickelte sich. Er stellte sich mit David
Warden vor. Roberta war sprachlos. Eine
große Liebe erblühte. Beide staunten immer
wieder, wie gleich sie waren. Da passte alles
zusammen. Heirat, Kinder und ein tolles
Haus kamen danach. Einmal beichtete
Roberta ihrem Mann, dass sie jeden Abend
gebetet hatte. Da war dieses Licht am
Nachthimmel. Sie redete mit diesem Licht,
das auch tatsächlich in Bewegung geriet. Es
drehte sich und es sah aus, als wenn dieses
Licht schreibende Bewegungen machen
würde. Roberta schämte sich etwas. „Nein,
Liebling, schäme dich nicht, Ich glaube dir,
denn ich habe dich immer beobachtet. Wir
beobachteten alle guten Menschen. Ich sah
deinen Unfall. Sah in der Zukunft diesen
Mann. Den Unfall, konnte ich nicht
verhindern. Ich hatte keinen feststofflichen
Körper. Dann reiste ich zurück in die
Vergangenheit, gab dir diesen Traum ein
und schlüpfte in David. Nun bin ich hier. Ich
liebe dich und beschütze dich für immer."

Der letzte Zug

Dieter ist wohlbehütet in seiner Familie aufgewachsen. Vater und Mutter förderten ihn in allen Bereichen. Dieter war sehr wissbegierig. In der Schule war er nicht der Streber. Aber ihm flog eben alles so zu. Lieblingsfächer hatte er nicht. Er interessierte sich für alles. Aber auf der anderen Seite war Dieter auch ein Spätentwickler. Mit Siebzehn hatte er eine Freundin und auch der erste Kuss war angesagt. Nun ja, wann er seine erste Frau liebte, keiner weiß es genau. Sein Architekturstudium schloss er natürlich mit Auszeichnung ab. Wenn er den Grundstein für ein sorgenfreies Leben gelebt hatte, wünschte er sich eine Frau und Kinder. Er gründete Ingenieurbüro mit drei Angestellten. Der Laden lief prächtig. Seine Spezialität waren extravagante Gebäude. Die Hausbauer rannten ihm die Bude ein. Sein Partner, mit dem Dieter eine Sozietät gründete, war für die Inneneinrichtung zuständig. Das Ingenieurbüro entwickelte sich zum Renner. Ja, bald könnte er eine Familie gründen, bald eben. Dieter schuf sein erstes Haus und die gesamte Erfahrung floss ein. Ein riesiger Garten, 8 Zimmer, vier Garagen, ach, was soll noch alles aufgezählt werden. Demnächst sollten auch die Kinderzimmer eingerichtet werden, demnächst eben. Das Büro wurde immer erfolgreicher. Seine Kunden wollten ihn. Nur ihn. Mittlerweile zählte er einen Ferrari und einen Porsche zu seinem Eigentum. Jedes Wochenende verbrachte er mit seinen Autos. In Paris, New York und London eröffnete Dieter immer neue Büros. Spitzenkräfte leisteten eine Spitzenarbeit. Dieter wollte immer höher hinaus. Sein Ferrari fuhr über 300, aber das wusste Dieter noch nicht, denn er hatte keine Zeit. Jetzt wollte er zusätzlich noch den Pilotenschein machen. Gerade als er über Wiesen und Wälder hinweg flog, da passierte es. Nein, nichts Schlimmes. Kein Unfall, keine gesundheitlichen Probleme, er schaute einfach nur nach rechts. Der Sitz war frei. Keine Partnerin, keine Ehefrau, keine Liebe.

Plötzlich wurde ihm klar, wo sind denn die Jahre geblieben? Meine Jahre. Er war 57 Jahre alt und immer noch nicht glücklich. Dieter verzweifelte. Ihm ist sein erster Kuss mit 17 eingefallen. Das war vor 40 Jahren, Elise war ihr Name. Dieter ging wieder ganz in seiner Arbeit auf. Diesmal flüchtete er regelrecht dort hinein. Nur nicht an die Vergangenheit denken. Ein Brief mit einer Einladung zum Klassentreffen kam per Post. Dieter orderte einen Mittelklasse-Leihwagen. Er wollte seinen Reichtum nicht zeigen. Das Klassentreffen war gut besucht. Bernd hatte 6 Kinder. Gisela einen Arzt zum Ehemann. Detlef hatte 50.000 Euro Schulden. Jörg sei bei einem Autounfall ums Leben gekommen, alles das, erzählte man ihm. Gelangweilt ging Dieter an die Bar. Da saß sie nun, Elise, schön, wie vor 40 Jahren. Der erste Kuss war sofort in den Gedanken. Elise verlor alles. Ihre Ehe zerbrach. Es war der Alkohol von Bernd, ihrem Mann. Die

Kinder waren aus dem Haus und Elise,
bewohnte eine Zweizimmerwohnung.
„Elise, du bist der einzige Lichtblick hier.",
sagte Dieter. Sie redeten bis zum Morgen.
Beide verliebten sich ineinander. Sie
wurden glücklich. Der letzte Zug in ihrem
Leben fuhr ganz langsam aus dem Bahnhof
heraus ins Glück!

Der Spaßvogel

Er kennt jeden Bürger und jeden Winkel in
der Stadt. Jedes Ereignis ist ihm sofort

bekannt. Sie nennen ihn den Spaßvogel in der Stadt. Niemand weiß, wo er wohnt. Keiner weiß, wer er ist. Alle wissen… nichts. Überall da, wo Hilfe gebraucht wird, da ist er sofort an Ort und Stelle. Aber heute ist nichts so wie bisher. Eine große Unruhe verbreitete sich in der Stadt. Nach tagelangen Regenfällen weichte in der Innenstadt ein Gehweg auf. Es entstand ein riesiges Loch. Für ein kleines Kind natürlich sehr gefährlich. Die dreijährige Anna lief verträumt über den Gehweg. Etwa 5 Meter weiter ging ihre Mutter. Plötzlich war Anna verschwunden. Sie rief immer wieder ihre Tochter. Aber Anna war verschwunden. Das riesige Loch hatte das Kind einfach verschluckt. Die Unruhe war groß. Einige rannten aus Angst und Feigheit einfach weg. Andere blieben stehen und schauten nur neugierig. Und wieder andere holten Hilfe. Die Feuerwehr kam. Sie wusste nicht, wie sie helfen sollte. Stunden der Angst machten sich breit. Die Feuerwehr versuchte mit langen Leitern, die sie über das Loch legte, die Einbruchstelle zu sichern. Es wurde kritisch, denn die Erde bröckelte immer weiter. Ein Feuerwehrmann legte sich auf den Bauch und robbte über das Loch. Aber er sah nichts. Der Spaßvogel sah das Geschehen aus der Ferne. Er war starr vor Angst um Anna. Jetzt ging er zu den Feuerwehrmännern, wollte ihnen etwas sagen und gab ihnen einen Tipp. „Sind sie etwa der Spaßvogel?", meinte der Feuerwehrmann und stieß ihn einfach zur Seite. Es wurde beratschlagt darüber, ob und wie man helfen konnte. Scheinbar entmutigt verließ der Spaßvogel den Unfallort. So schnell wie möglich eilte er an das Ende der Stadt. Hier stieg er in einen alten stillgelegten Schacht. Ohne weiter nachzudenken robbte er sich durch die Rohre. Er kroch und rutschte, stieß alte Gitter auf. Er kannte sich sehr gut aus, als wenn er hier zu Hause sein würde. Da hinten sah er etwas. Da bewegte sich etwas. Er vernahm ein leises Wimmern: „Mami, Mami." Schnell nahm der Spaßvogel sie in den Arm. In diesem Augenblick, brach weitere Erde ein. „Komm', wir spielen ein Spiel, Anna! Wer zuerst durch den Tunnel kriechen kann, gewinnt ein großes Eis!", rief der Spaßvogel. Anna kroch los, der Spaßvogel robbte nach. Mittlerweile wurde die Unfallstelle weiter gesichert. Ein Feuerwehrmann ließ sich in das nun riesige Loch abseilen. Es war dunkel und gefräßig, die Gebete ringsherum wurden mehr. Plötzlich von weitem dieses erleichternde Rufen: „Mama, Mama!" Der Spaßvogel hatte Anna auf den Schultern. Applaus, ein Jubeln, ein Umarmen, frohe Gesichter. Man rief: „Unser Spaßvogel ist ein Lebensretter! Er ist unser Held!"

Bei der späteren Befragung stellte sich heraus, dass der Großvater und der Vater, vom, jetzt nennen wir ihn nicht mehr Spaßvogel, sondern Lebensretter, am Aufbau und der Planung der Stadtkanalisation beteiligt waren. Vater Dipl. Ing. Karl Krüger nahm seinen Sohn Willy oft mit zur Baustelle. Der kleine Willy kroch durch alle Rohre, er kannte sich somit gut aus. Die Stadtverwaltung stellte Willy Krüger, unseren Lebensretter, als Bauleiter ein. Das Leben des Spaßvogels änderte sich nun, aber Spaß und Freude vermittelt er seinen Mitmenschen immer noch.

Der Überfall mit Folgen

Für den älteren Herrn mit Brille spielten die Fußballer von Wacker Null... na, ich habe die weitere Zahl vergessen, ganz einfach zu zaghaft. Der Herr mit Oberlippenbart meinte, sie spielten einfach nur grässlich. Der Herr mit dem Karohemd dagegen interessierte sich nicht für Fußball. Das Trio war bei Gerda Bernshofer gern gesehen, als ich sie besuchte, um diese Geschichte festzuhalten, plauderte sie sofort drauflos. Ich bin Reporter des Stadtspiegel-Anzeigers und wollte die Story gern schreiben. Das lag daran, dass ich die 3 Rentner jeden Mittwoch bei ihrer Plauderrunde sah, dabei dachte, was sie wohl früher einmal für Berufe ausgeübt hatten und wie ihr Leben so verlief. Die Gespräche verfolgte ich immer mit einem Ohr mit, denn ich saß regelmäßig einen Tisch weiter, mit meinem Laptop bestückt erledigte ich die Büroarbeit. So wartete ich bei einem Tee auf meine Frau, sie ist in der Anwaltskanzlei beschäftigt, gegen 18 Uhr kommt sie dann hierher. Nun, erwähnen muss ich, es war nicht immer Tee, liest sich aber schöner.

Wie gesagt, auch an dem ganz besonderen Tag saß ich, mit einem Ohr hinhörend, am Nachbartisch. Der Herr mit Brille fragte in die Runde, ob noch jemand die alten Porsche Wagen kennt. „Aber sicher", so der Herr mit Karohemd, „waren das nicht welche mit VW-Motor?"... „Nein", so der

Herr mit Brille, „die hatten einen Doppelvergaser und ordentlich Bums unter der Haube!"... „Sach bloß", so der Herr mit Bart, „aber die Form war gleich!"... „Flacher waren sie, viel flacher, ganz flach!", entgegnete der Herr mit Brille.

Ich schrieb weiter an meinem Bericht zum neuen Schwimmbad, konnte hier wirklich nicht folgen, es war nicht meine Zeit, ich bin Jahrgang 1991. Den Unterschied zwischen Ketten- und Nabenschaltung am Fahrrad kenne ich wohl, das war das nächste Thema der Herren. Ich schätzte sie übrigens so um die 75 ein. Fragte mich dann des Öfteren, worüber werde ich wohl mit meinem Tennisfreund Sven später einmal reden? Meine Frau kam pünktlich. „Magst du ein Getränk?", fragte ich. „Heute nicht, Liebster. Beate und Klaus kommen doch heute!"... „Ach ja, fast vergessen!" Von Frau Bernshofer erfuhr ich, dass die Herren gegen 22 Uhr aufgebrochen sind. Fröhlich, wie immer, verließen sie die kleine Kneipe. Hinter dem Grünewaldweg kam ein kleines

Waldstück. Hier lauerten 2 Männer, die nichts Gutes im Sinn hatten, den älteren, körperlich unterlegenen Herren über 75, auf. Die Männer waren mit Eisenstangen und Gaspistolen bewaffnet. Es war aber nicht möglich, eine Gaspistole von einem echten Schießeisen zu unterscheiden. Es kam, was kommen musste!

In den Polizeiakten las ich später:

Die Herren Alfons D., Hubert S. und Herbert B. wurden nachts um 22.45 Uhr von den Männern Detlef R. und Richard T. mit Eisenstangen und geladenen Gaspistolen überfallen und beraubt. Zum Raub kam es nicht mehr, denn Detlef R., 32 Jahre, und Richard T., 35 Jahre, wurden derart vermöbelt, dass wir den Krankenwagen bestellen mussten.

"Ist doch klar", sagte mir Frau Bernshofer, "die 3 waren Berufsboxer!"

Die Jukebox

Anfang der 1950'er Jahre trafen sich ein
paar Musikfreunde regelmäßig in „Joe's
Bar". Im Süden von New York. Es war eine
kleine, feine und schlanke Bar. Zur Straße
war sie wenige Meter breit und zog sich
nach hinten aber weit heraus. Die Theke
begann bereits am Eingang. Pete, Joes
Sohn, schaute oft, wenn keine Gäste da
waren, auf die Straßenlaternen. Wieder an
einem Sonntagabend schlenderten die
Musikfreunde in die Bar. Seit Ende der
1940'er Jahre trafen sie sich Fred, Ben, Dan
und Luzie. Sie waren mit die Ersten, die die
Single- Schallplatten aus „Ricki's Musik
Laden" erworben hatten. Bei Dan hörten sie
oft diese neuen Schallplatten. Aber seine
Einzimmerbehausung glich immer einem
Schlachtfeld. Dan hatte immer die Ausrede,
wegen der Nachtarbeit, nichts machen zu
können. An diesem Samstag aber
überraschte Pete die Gäste mit einer
Jukebox. Drei Single Schallplatten hatte er
erworben. Reichlich Platz war noch für

weitere Platten. Luzie brachte ihre Freundin Cindy mit. Beide trugen ihr Lieblingspetticoat Kleid. Cindy hatte ihres extra für diesen Samstagabend erworben. Es war mit weißen Punkten versehen. Natürlich waren alle schwer begeistert von der neuen Jukebox. Aber Dan warf auch seine Blicke auf Cindy. Es schien so, als wenn sie Gefallen aneinander finden würden. Die Blicke, wurden heftiger und sie hörten nichts mehr. Die Single der Flamingos, mit dem Titel „I Only Have Eyes For You" tat ihr weiteres dazu. Dan forderte Cindy zum Tanzen auf. Er spürte ihre warme und weiche Haut. Er hatte sehr muskulöse Oberarme und immer blitzblank geputzte Schuhe. Das gefiel Cindy. Er schmiss immer wieder Münzen nach, um das Lied immer und immer wieder hören zu können. Pete machte Spaß und meinte: „Ja, dann ist die Box schnell abgezahlt. Auf eine Münze ritzte Dan die Buchstaben „Ily" ein, für „I love you". Als Mechaniker, hatte er immer einen Schraubendreher in der Tasche. Da traute sich nicht diese Worte gleich am ersten Abend zu sagen.

Er küsste die Münze und warf sie ein. Nur die Jukebox spielte nicht. Die Münze hatte sich verklemmt. Pete nahm eine neue Münze aus der Kasse und warf sie ein. Die Zeit verging und die Gruppe traf sich weiterhin. Dan und Cindy tanzten sich immer wieder in eine Traumwelt. Eines Tages musste Dan einen Auftrag im Ausland annehmen. Aus den geplanten zwei Monaten wurden zwei Jahre. Für die große Liebe war es furchtbar. Die Bar war weiterhin gut besucht und die Freunde trafen sich wie immer regelmäßig. Dan konnte durch seinen Auslandsjob leider nicht mehr dabei sein. Cindy war zwar bei jedem Treffen dabei, aber die Flamingos wurden nicht mehr gespielt. Jeder nahm Rücksicht auf Cindy. An diesem Abend kamen Jack und Stan in die Bar. Jack warf sofort ein Auge auf Cindy. Er verwickelte Cindy in Gespräche über den Rock' n Roll. Charmant machte er ihr Komplimente.

Cindy hingegen war nicht interessiert und merkte aber auch nicht, dass Jack harte Sachen in Cindys Glas füllte. Jack hatte immer für alle Fälle etwas dabei. Das Mädchen konnte den hochkonzentrierten Alkohol nicht vertragen. Da Jack mit seinem Auto da war, bot er Cindy an, sie nach Hause zu fahren. Nach dieser Fahrt wurde das Mädchen schwanger, weil Jack ihren betrunkenen Zustand ausgenutzt hatte. Leider musste sie ihn heiraten, da sie noch nicht volljährig war. Sie war sehr traurig. Sie schämte sich und brach den Kontakt zu Dan ab. Was sollte sie ihm denn auch erzählen? Jack entwickelte sich zum Tyrannen und behandelte Cindy wie den letzten Dreck. Sie durfte keinen Mann ansehen, geschweige denn, mit ihm reden. Jack schlug sie und vergewaltigte sie. Wenn sie nicht wollte, drohte er ihr an, ihr den Schädel einzuschlagen. Cindy war mit ihren Gedanken immer bei Dan. Eines Tages stieß Jack Cindy die Treppe hinunter, weil sie sich ihm wieder verweigerte. Das arme Ding war von diesem Tag an querschnittgelähmt.

Bald zog Jack aus. Er suchte sich eine jüngere „funktionierende" Frau. Cindy wollte verständlicherweise in dieser Wohnung nicht mehr bleiben und suchte sich eine Wohnung in einem Haus, dass behindertengerecht gebaut war.

Die Zeit verging…

Die Klimaanlage tropfte und es musste ein altes Radio repariert werden. Dan, mittlerweile in die Jahre gekommen, hatte das Reparieren von alten Geräten zu seinem Hobby gemacht.

Dan erfüllte sich endlich einen Traum. Er ersteigerte bei „Darnell's Pawnshop", einem Leihhaus im Westen New Yorks, eine alte Jukebox. Einige Ersatzteile hatte Dan immer im Haus. Es musste der Rahmen gerichtet werden und noch ein paar Dinge. Die Jukebox spielte das alte Lied, auf das er mit seiner Liebsten tanzte. Er war sehr unglücklich und musste weinen. Erst Recht, als er die Münze in der Jukebox mit den eingeritzten Buchstaben"Ily" fand, die sich verklemmt hatte. In die Nebenwohnung war eine behinderte Frau eingezogen und klopfte wie wild an die Wand. Sie rief ganz laut: „Bitte lauter machen, ich kenne das Lied." Dan ging herüber und wollte wissen, wer diese Frau war. Als sie ihm die Tür aufmachte, traute er seinen Augen nicht. Seine große Liebe saß vor ihm im Rollstuhl. „Cindy du bist es?" „Ja, leider bin ich gelähmt. Er hatte mich die Treppe hinuntergestoßen." Er schaute sie lange an und sagte: „Wer schaut schon danach. Ich liebe dich trotzdem und werde es immer tun Darling." Sie küssten sich lange.

Die Kraft der Liebe

Jeff war Rettungsschwimmer in Florida am Strand von Sanibel Island. Er hatte einen Körper wie ein Adonis. Sozusagen ein Schönling. Natürlich lagen ihm die Frauen zu Füßen. Darunter auch Emelie. Sie war nicht aufgetakelt, so wie die anderen. Eine natürliche Schönheit war sie. Blond, blaue Augen, damit fiel sie auf. Insgeheim liebte sie Jeff schon lange. Doch der hatte nur Augen für die vollbusigen Mädchen. Emelies Liebe zu dem jungen Mann wuchs und wuchs, immer mehr und immer mehr. Sie studierte Meeresbiologie und hielt sich darum oft am Wasser auf. Eines Tages kam Jeff zu ihr und fragte, was sie hier so mache? Und er hätte sie ja noch nie hier gesehen. Wie denn auch, er sah ja auch nur die anderen. Sie schauten sich in die Augen und in diesem Augenblick geschah etwas Magisches. Sie konnten es beide aber nicht einordnen. Was konnte es gewesen sein, ein Gefühl? Eine Zuneigung? Ihr Versinken in die Blicke wurde durch Schreie unterbrochen. Ein Kind schrie um Hilfe! Es war zu weit ins Meer geschwommen und hatte keine Kraft alleine an den Strand zu schwimmen. Jeff eilte zum Meer, schwamm um Leben und Tod, erreichte das Kind und holte es zum Ufer zurück. Dieses rannte glücklich zu seinen Eltern. Glück gehabt! Überglücklich schaute Jeff dem Kind nach, er wollte aus dem Wasser steigen, plötzlich schoss ein Hai heran, Jeff sah es nicht, mit einem Biss riss der Hai Jeff ein Stück vom Arm ab. Alle schrien wie verrückt. Alle rannten umher, Alle waren sehr aufgebracht. In Windeseile kam Emelie und band Jeff die Verletzung ab. Überall war Blut. Es sah schrecklich aus. Jeff verlor das Bewusstsein. Panik brach aus! Emelie informierte sofort per Handy sämtliche Stellen, um nicht die Urlauber zu gefährden, gleichzeitig hielt sie Jeff eng umschlungen an sich. „Bitte Gott, lass ihn leben... bitte!" Alle Urlauber wurden aufgefordert, sofort den Strand zu verlassen. Mit einem Haiangriff hatte hier niemand gerechnet. Ein Hubschrauber brachte Jeff auf den

schnellsten Weg ins Krankenhaus. Das
Mädchen ließ alles stehen und liegen und
machte sich auch auf den Weg ins
Krankenhaus. Sie verzweifelte. Sie betete.

Um Informationen zu erhalten, wies sich
Emelie als Jeffs Verlobte aus, aber die Ärzte
konnten noch nichts sagen. Jeff schwebte in
Lebensgefahr. Zu viel Blut hatte er verloren
und eine Blutvergiftung kam hinzu. Er
wurde ins künstliche Koma gelegt und es
wurde alles getan um sein Leben zu retten.
Emelie war nahe an einer Bewusstlosigkeit,
sie konnte nicht mehr denken. Der Arzt
schickte Emelie nach Hause, denn sie
konnte ja doch nichts tun. Sie liebte ihn
doch so sehr, das wusste sie. Auch ohne
Arm würde sie ihn lieben, das war ihr
bewusst. Sie weinte, weinte und weinte.
Jeff hatte keine Familie mehr. Seine Eltern
waren vor ein paar Jahren durch einen
Autounfall ums Leben gekommen und mit
der übrigen Familie hatte er keinen Kontakt.
Emelie gab die Hoffnung nicht auf, dass
doch noch alles gut werden könnte. Tage

des Hoffens und des Bangens vergingen...
sie betete... Ängste... Wünsche... bis sie
einen Anruf aus dem Krankenhaus bekam.
"Kommen sie sofort zum Krankenhaus!" Ein
Schreck durchfuhr sie. "Nein... es war alles
gut." Sie setzte sich sofort in Bewegung. Als
sie das Zimmer betrat, schaute Jeff sie
erwartungsvoll an. Emelie trat an sein Bett,
nahm seine Hand und sagte: „Ich liebe
dich." Er weinte. Sie küssten sich und der
abgebissene Arm war nicht mehr in ihren
Gedanken... DIE LIEBE EBEN...

Die Wendeltreppe

Das alte, sehr gepflegte Herrenhaus stand inmitten eines Weingutes. Agathe und Antonio waren adelige Leute und bewohnten es schon lange. Agathes erster Ehemann, Bernhardt, starb sehr früh. Es war keine Liebesheirat, sondern eine Zweckverbindung. Sie konnte das Weingut jedoch nicht allein bewirtschaften. Auf einer Reise durch Italien lernte sie Antonio kennen. Er wusste nicht, dass Agathe eine Adelige war. Er verliebte sich in sie. Antonio selbst ist ein gepflegter Mann mit sehr guten Manieren. Agathe ließ sich von Antonios Charme einwickeln und verliebte sich ebenfalls. Sommelier war Antonio von Beruf und reiste durch Europa. Er war ein Experte, was den Weinanbau und das Keltern anging. Jeder Winzer war auf seine Meinung und seinen Rat angewiesen. Agathe zeigte Antonio das Weingut. In ihrem Lancia Cabriolet fuhr sie kreuz und quer durch das Land. Antonio hatte nur noch Augen für Agathe. Es war seine ganz große Liebe. Irgendwann wollten sie Kinder haben, jedoch dieser Wunsch blieb ihnen verwehrt. Das Weingut war sehr erfolgreich und viele Höhen und Tiefen erlebten beide gemeinsam. Ohne den anderen Partner ging es nicht. Eines guten Tages stand eine Dürreperiode an. Es regnete wochenlang nicht. Alles trocknete regelrecht aus. Ein großer Teil ihrer Ersparnisse ging drauf, damit die Arbeiter und Arbeiterinnen auf dem Weinberg bezahlt werden konnten. Denn die gesamte Weinernte fiel ins Wasser. An jeder Ecke mussten sie sparen. Das Herrenhaus wurde nicht geheizt. Weiterhin aber gab es für die Angestellten des Weingutes warmes Essen. Auch das Weihnachtsfest und die Nikolausfeier wurden ausgerichtet. Auch für Geschenke sorgten Agathe und Antonio. Doch die seelische Belastung wurde für Agathe immer unerträglicher. Sie wurde sehr krank. Über 70 Jahre alt waren beide mittlerweile und ihre Liebe war groß wie immer. Der Zusammenhalt war riesig.

Im darauffolgenden Jahr war die Traubenernte wieder sehr gut. Alles schien wieder in Ordnung zu sein. Agathe aber erholte sich schlecht von ihrer Krankheit. Antonio arbeitete fleißig auf dem Weingut. Er war sehr besorgt um seine große Liebe und versorgte Agathe sehr liebevoll. Eines Tages, es war ein warmer Spätsommer, die Sonne ging im Westen unter. Agathe beobachtete den Sonnenuntergang. Sie fühlte sich sehr schwach und fragte ihren Geliebten nach einem Glas Wein. Es sollte ein besonderer Wein sein. Eine Flasche aus ihrem Hochzeitsjahr. Im Weinkeller lagerte er wohl temperiert über Jahrzehnte. Es war ein Gewölbekeller, 5 Meter unter dem Herrenhaus. „Liebster, hole uns eine Flasche Wein herauf. Aber bitte halte dich gut am Geländer fest denn die Wendeltreppe ist gefährlich. Ich liebe dich und freue mich auf gleich.", sagte Agathe. Antonio freute sich darüber und ging langsam die Wendeltreppe herauf, nicht etwa hinab! Es wurde immer heller mit jeder Stufe und heller und immer heller.

Oben angekommen nahm ihn seine geliebte
Frau Agathe in die Arme und sagte:
„Liebling, jetzt sind wir für immer
zusammen, für immer und ewig."

Doppelleben

Rita und John Franklin bewohnten einen
exklusiven Bungalow in Texas. John war
Schriftsteller. Er schrieb Kriminalromane,
die in der ganzen Welt beliebt waren. Sein
Büro, in das er sich den ganzen Tag
zurückzog, bis auf einige Stunden täglich,
die er außer Haus war, lag etwas außerhalb

des Hauses... ein kleiner Anbau mit separatem Eingang. Johns Bücher liefen sehr gut. Finanziell waren beide abgesichert. Ja, man konnte schon fast sagen, dass sie reich waren. Seit einigen Jahren gab Rita noch Reitstunden. Das Geld das sie damit verdiente, steckte sie immer wieder in den Kauf neuer Pferde. Die Angestellten, die die Ställe sauber hielten und die Tiere versorgten, mussten auch bezahlt werden. Eines Tages kam John vom Verlag nicht zurück. Er wollte dort einen Vertrag für sein neues Buch aushandeln. Am Abend schellte es an der Tür der Franklins und zwei Ranger schauten Rita mit ernster Miene an. „Sind sie die Frau von Mr. Franklin?", sagte einer der beiden riesigen Männer. „Ja, die bin ich. Was gibt es denn? Was ist los? Wo ist mein Mann?"... „Wir müssen ihnen leider mitteilen, dass ihr Ehemann John schnurgerade vor einen Baum gefahren ist. Wir vermuten Selbstmord. Er war sofort tot."... „Aber warum sollte sich mein Mann umbringen?", sagte Rita. „Er hatte keinen Grund dazu.

Uns geht es sehr gut."… „Es muss einen
Grund gegeben haben.", sagte der Ranger.
„Das ist zu viel für mich.", meinte Rita
Franklin und brach zusammen. Einige
Monate dauerte es, bis Rita das Büro ihres
Mannes betreten konnte. Ein riesiger Berg
Arbeit lag vor ihr. Berge von Akten mussten
sortiert und durchgesehen werden. Nie
hatte sich die noch relativ junge Frau
Gedanken gemacht, was ihr Mann wohl in
seinem Büro machte. Wie sollte sie sich in
diesem Chaos jemals zurechtfinden? Rita
fing an. Angefangene oder nicht zu Ende
gebrachte Geschichten, Manuskripte und
Notizen. Unterlagen für die Versicherung
und vieles mehr. „John hatte einfach keinen
Ordnungssinn.", dachte sie. Plötzlich stieß
sie auf einen Ordner mit der Aufschrift:
„Nicht lebenswert"

Was sollte das bedeuten? Sie fing an zu
blättern. Sie fand Abrechnungen einer Bar.
Belege von anderen diversen Einnahmen
und noch viele dubiose Schriftstücke, aus
denen sie nicht schlau wurde. Ihr blieb das

Herz fast stehen und sie sträubte sich dagegen, dies alles zu glauben. Es war eine Tatsache, dass John Franklin ein Doppelleben führte. Geschickt hatte er vor Rita alles geheim gehalten. Sie hörte nur immer, wenn er sagte: „Ich muss noch einmal in den Verlag, ein paar Unterschriften leisten." Er war Zuhälter, Barbesitzer und hatte seine Finger im Drogengeschäft. Für Rita Franklin brach eine Welt zusammen. Tagelang lag sie im Bett, wollte nicht mehr leben. Aber es nutzte alles nichts, sie musste wieder in das Büro ihres verstorbenen Mannes. Rita suchte weiter nach einer Antwort.

Endlich stieß sie auf einen Briefumschlag. Sie machte ihn auf und fing an zu lesen.

Meine geliebte Rita!

Wenn du das liest, wirst du verzweifelt und gekränkt sein. Du wirst den Glauben an die

Menschheit verlieren und bereuen, dass du mich jemals geheiratet hast. Aber glaube mir, Rita, ich habe nie gewollt, dass so was passiert. Ich wollte nur ein glücklich verheirateter Schriftsteller sein. Aber es kam anders. Leider war ich an diesem Abend betrunken und habe alles unterschrieben, was man mir vorlegte. Wir suchten eine Nackt-Bar auf. Jeff feierte den Erfolg seines zweiten Buches und der Sekt floss in Strömen. Alle hatten schon sehr viel getrunken und Tom der Wirt setzte sich auch noch dazu. Tom war hoch verschuldet, konnte die Bar kaum noch halten. Er nutzte die Gelegenheit aus und legte mir einen Vertrag unter die Nase, in dem ich mich verpflichten sollte, seine Schulden, seine Bar und seine Nebenbeschäftigungen zu übernehmen. Da ich nicht mehr fähig war, einen klaren Gedanken zu fassen, unterschrieb ich alles. Das war mein Todesurteil. Ich musste die Bar wieder flott bekommen und Jeffs Schulden abtragen, die in erheblicher Höhe angelaufen waren. Dass ich dadurch auch in krumme Geschäfte

verwickelt wurde, konnte ich nicht ahnen.
Es tut mir alles so Leid, Rita. Wenn du
diesen Brief liest, werde ich schon tot sein.

Dein John.

Rita Franklin zog wieder nach New York und
baute sich von dem Verkauf des Hauses und
ihren Ersparnissen ein neues Leben auf. So
schnell wie möglich wollte sie alles
vergessen. Ein Buch ihres Mannes wollte sie
nie wieder in die Hände nehmen.

Ein gemeiner Mord

Ich heiße Sonja und bin 45 Jahre alt
geworden. Schade, denn ich hatte das

Leben noch vor mir. Als Tochter eines amerikanischen Eisfabrikanten hatte ich nur Luxus im Kopf, wobei ich aber meine Ausbildung sehr ernst nahm. Mein schulischer Werdegang ging sehr zügig voran. Das Studium der Naturwissenschaften machte ich im Handumdrehen. Mit 30, kurz nach dem Studium, lernte ich einen attraktiven Mann kennen. Etwas älter war John und Lehrer am dortigen College. Wir liebten uns sehr. Oft saßen wir abends stundenlang und diskutierten über Gott und die Welt. John war ein sehr gläubiger Mensch und konnte nicht verstehen, dass es so viel Schlechtes in der Welt gab. Wir meditierten jeden Abend miteinander. Ich hatte meinen Dr. Titel in Biologie gemacht und war sehr stolz darauf. Endlich hatte ich die Möglichkeit mit meinem Liebsten nach Texas zu gehen. Dort bekamen wir sofort eine Anstellung an einer Universität. Eigentlich waren wir glücklich, doch eines Abends, als ich von der Uni nach Hause fuhr, folgte mir ein Taxi. Der Fahrer des PKWs wurde immer dreister und fuhr schneller und schneller. Leider war mein Mini schon 10 Jahre alt, sodass ich ihm nicht entkommen konnte. John hatte auch an diesem Abend das Essen gemacht. Dadurch, dass er früher zu Hause war als ich, übernahm er die Aufgabe. John wartete. Ich kam nicht. Es wurde spät. John fuhr die Strecke ab, die ich immer nutzte um schnell zu Hause zu sein. John fand meine Schuhe am Wegesrand. Ein paar Meter weiter ein abgerissenes Stück von meiner Bluse. Ich musste mich heftig zur Wehr setzen, was mir letztendlich nichts nutzte. Jetzt handelte mein Liebster sofort und rief die Kriminalpolizei an. Es wurde zügig gehandelt und alles in die Wege geleitet. Die Beamten sicherten die Fundstücke. Aber sonst fanden sie nichts. Eine riesige Suchaktion wurde gestartet. Aber auch nach Wochen konnte keiner den Mord an mich aufklären. Als John schon fast den Glauben an die Menschheit verlor, geschah etwas, dass er nicht fassen konnte.

Etwa drei Monate nach meinem Verschwinden klingelte es abends an der Tür. Meine Schwester, die falsche Schlange, stand vor ihm. „Was wollen sie?", fragte John. Was sie wollte war doch klar. Sie wollte das Geld aus meiner Lebensversicherung. Ich hatte einen sehr fatalen Fehler gemacht, als ich meine geldgierige Schwester als Begünstige in meine Police eintragen ließ. John sagte ihr vor den Kopf, dass er mit ihr nichts zu tun haben will. Er wusste genau wie falsch sie war. Kam uns nur besuchen wenn sie etwas wollte; und ich falle darauf rein. Ihre Mitleidsmasche hatte mich das Leben gekostet. Wochen später wurde meine Leiche gefunden. Man stellte fest, dass ich erdrosselt wurde. Anschließend hat man mich entsorgt wie einen Müllsack. Nur eines fanden sie noch nicht, das Beweisstück, eine goldene Brosche mit Türkise. Abgebrüht wie diese Hexe war, ging sie zur Polizei und fragt nach dem Ermittlungsstand. Sie bekam keine Antwort, sondern machte sich nur verdächtig. Nach

ihrem Alibi wurde sie gefragt, da man fast
den genauen Todeszeitpunkt ermitteln
konnte. In Ausreden war dieses Biest ja nie
verlegen. Sie wurde ausgefragt, wie das
Verhältnis zu mir denn wäre und noch vieles
mehr. Schnell fand die Polizei heraus, dass
sie das Geld aus der Versicherung
bekommen sollte. Jetzt kam man dem Fall
schon etwas näher. Einen dubiosen Freund
hatte sie, der auch nichts hatte, sondern
ständig Schulden machte. Außerdem war er
vorbestraft. Mit so einem Ganoven hatte
sie ein Verhältnis, diese Schlampe. Und ich
hab' ihn quasi mit unterstützt. Na ja, was
soll es, jetzt brauche ich mich wohl nicht
mehr darüber aufregen. Jedenfalls gingen
die Ermittlungen in meinem Fall weiter.
Einige Wochen später klopfte die Kripo an
unsere Tür. Es wurde eine Brosche
gefunden, sagte zu man John. Wem denn
diese gehöre, wollte man wissen. Es kam
keine Antwort. John wollte einfach nur
seine Ruhe haben. Er war ein gebrochener
Mann. Es sollte noch einige Zeit vergehen,
bis man darauf kam, dass meine Schwester

mich aus Habgier umbringen ließ. Diese Giftnatter hatte es nicht anders verdient. Gut, dass man die Brosche fand, sonst würde ich mich im Grab umdrehen, wie man so schön sagt. John bekam dann nach langem Hin und Her das Geld von der Versicherung. Na ja, wenigstens etwas Erfreuliches.

Jedenfalls hatte ich eine tolle Beerdigung und freue mich, dass John wieder eine neue Frau hat. Wie schnell das doch ging. Na, ja was soll's.

Ein Traumpaar

Auch heute wurden Regina und Frank wieder bewundert. Als sie die „Seven Pay Bar" besuchten. Regina trug ihr schwarz-weißes Kleid. Alle warfen dem Paar neidische Blicke zu. Immerhin war Regina schon über 40 Jahre alt. Aber es kann auch über 50 sein. Beide machten aus ihrem Alter ein Geheimnis. Auch Frank war ein attraktiver Mann im besten Alter. In der heutigen Zeit sind Entfernungen ja kein Problem. Als sich beide im Internet kennen und lieben gelernt haben und herrliche Wochenenden miteinander verbracht hatten, zogen sie auch sehr schnell zusammen. Sie war Managerin, er Ingenieur. Beide waren im Netz sehr arrangiert. Beide merkten erst viel zu spät, dass sie verfolgt wurden. Gitte war eine sehr ehrgeizige Frau. Sie könnte sich Udo gut an ihrer Seite vorstellen. Es begann mit harmlosen Mails die sie Frank schrieb. Er beantwortete immer sämtliche Anfragen von Lesern. Anfangs fühlte sich Frank von

Gittes Aussagen geschmeichelt. Er schrieb aber immer wieder nach solchen Anfragen von Lesern den gleichen Text zurück. Wie immer saß Frank am Freitag noch spät im Büro. Er kontrollierte ein letztes Mal sein Mailkonto. „Hilfe, ich brauche Hilfe, schnell, meine Nr. ist O13............. „ Ohne zu zögern rief Frank die Nummer an. Er wollte helfen. Gitte war am Ende der Leitung zu hören. Sie gestand ihm seine Liebe.

Frank legte auf, ging aber in die Falle. Es folgte viele Anrufe und SMS-Nachrichten. Auch die Adresse fand Gitte heraus. Sie schickte ihm erst Blumen. Dann Drohungen. Es steigerte sich von Tag zu Tag. Frank schaltete die Polizei ein. Gitte schaltete in den höheren Gang. Als sie mit dem Auto Regina anfuhr, um sie zu eliminieren, besorgte sich Frank einen Wachhund für sein Anwesen. Gitte besorgte sich eine Waffe. Frank schwor seine Regina ewige Liebe. Gitte schwor Franks Tod. Ihre Wahnvorstellungen stiegen jeden Tag. Sie forderte Frank an ihre Seite. Sie forderte seine Liebe. Er forderte endlich Rufe. Eine letzte SMS. „Liebe mich oder ich töte deine Seele." Frank blieb hart und Gitte erschoss sich.

Nun sitzen Regina und Frank wieder bei einem Glas Wein in der Bar. Aber erst wieder nach 8 Monaten Physiotherapie.

Eine Amerikanische Liebesgeschichte

Unsere Geschichte spielt in Boston um 1955. Jack Preston war ein sehr gut aussehender junger Mann. Er besaß eine eigene Firma. Sein Getränkeunternehmen lief wie geschmiert. Ihm und seiner Frau ging es gut. June Warden ging es auch gut. Sorgen hatten sie keine. June war ein paar Jahre älter und arbeitete regelmäßig in der örtlichen Kirchengemeinde und organisierte Veranstaltungen. Beide hatten Familien und lebten nebeneinander. Jack und June waren in ihrer Jugend schwer verliebt ineinander. Aber das Schicksal wollte es anders. Jack Preston lernte Elly kennen. Und June Warden ihren jetzigen Ehemann Dan.

Aber immer dann, wenn sich Jack und June zufällig irgendwo trafen, knisterte zwischen ihnen, wie damals. Sie liebten sich immer noch sehr. Sie nutzten jeden Moment der Begegnung, um sich berühren zu können. Eine Umarmung und ein leises „I love you" kamen dann über ihre Lippen. Jacks Sohn war 5 Jahre alt und die Tochter von June, Cathrin, war elf Jahre alt. Sie nannten sie nur Cat weil sie Naturlocken hatte und es sah aus, als hätte sie eine Löwenmähne gehabt. Cat war ein bildschönes Mädchen. In der Stadt wurde ein kirchliches Fest gefeiert und June und Jack waren für die

Organisation zuständig. Sie fuhren gemeinsam dort hin. Da beide Familien befreundet waren, gingen ihre Ehepartner derweil zum Tennis. Um 17 Uhr fuhr Jack seinen Trans Am, sein ganzer Stolz, auf die Straße. June stieg ein, nahm seine Hand und blickte ihn verliebt an. Endlich ergab sich wieder eine Gelegenheit mit Jack allein zu sein. Ein leises „I love you" kam Jack wieder über die Lippen. Während der Fahrt erzählten sie von ihren Kindern. In einem Augenblick, wo beide durch das intensive Gespräch abgelenkt waren, kam ein riesiger Track ungebremst auf sie zugerast. Der Schuh des Track-Fahrers verklemmte sich im Gaspedal. So ermittelte es Sheriff Johnson. Jack und June starben viel zu früh. Aber noch im Tod hielten sie sich an den Händen fest und schauten sich an. Die Zukunft ihrer Kinder konnten sie nicht mehr miterleben.

Boston im Jahre 2000...

John und Cat, blieben in ihrer Heimatstadt. Sie waren allein, da auch ihre anderen beiden Elternteile mittlerweile verstorben waren. Aber ihre Freundschaft war einzigartig. Der Tod der Eltern hat sie eng zusammen geschweißt. Es hätte eigentlich eine wunderbare Beziehung werden können, aber es sollte auch hier anders kommen. John hatte früh geheiratet. Seine Frau starb an Krebs. Er lernte Mary kennen, er mochte sie ja, aber sie war nicht sonderlich intelligent. Mary wollte nur Luxus und verlangte von ihm alles aufzugeben. Er sollte zu ihr an die Westküste ziehen. Der Druck auf John wuchs von Tag zu Tag. Er konnte einfach nicht sein jetziges Leben aufgeben. Das ging nicht. Er würde auch sich selbst aufgeben. Mary hätte es fast geschafft.

Cat wohnte nebenan und John schaute jeden Tag aus dem Fenster. Verstohlen und wehmütig schielte er zu ihr herüber. Cat war sehr traurig, dachte viel nach und grübelte. Sie liebte John, aber leider war er schon vergeben. John öffnete einen Brief. Mary war eine kaltherzige und unberechenbare Frau. Sie stellte ihm ein Ultimatum. Er zerriss den Brief. In diesem Moment blickte Cat zu ihm und schaute ihn mit ihren wunderschönen Augen an. „Hilf mir.", sagten diese Augen. Fast war es so wie 1955. „I love you". Plötzlich zuckte John wie vom Blitz getroffen zusammen. Der Geruch, der auf einmal im Raum hing, machte ihn stutzig. Jacks Rasierwasser war deutlich zu riechen und der Duft seiner Zigarre, die er immer mit Inbrunst genoss. Er rief: „Vater bist du es?" Irgendwas stimmte nicht. John fasste einen Entschluss. Er rannte zu Cat, wollte gerade etwas sagen, aber Cat schnitt ihm das Wort ab. „Du brauchst nichts zu sagen, John. Ich habe gerade meine Mutter gespürt, sie war ganz nah bei mir, als wollte sie mir etwas mitteilen."

Beide packten das Nötigste ein, setzten sich in Johns Lieblingsauto und fuhren Richtung New

York. In der Großstadt wurden sie glücklich und waren froh auf ihr Herz gehört zu haben.

Eine nette ältere Dame - Teil 1

Maria Müller bestellte gerade in der Bäckerei vier Brötchen und ein Bauernbrot. Plötzlich fasste sie sich an die Brust und wimmerte: „Mein Herz, mein Herz." Dann sackte sie langsam zusammen. Bäckerin Greta Harnbacher drehte die Wählscheibe an ihrem Telefon. „Bitte schnell einen Arzt, schnell bitte. Bei Harnbacher zur alten Mühle." Eine Menschenmenge sammelte sich in der Bäckerei und davor, während alle auf den Krankentransporter warteten. Niemand bemerkte, wie zwei gutgekleidete Herren, mittleren Alters mit Aktenkoffer die gegenüberliegende Bank betraten. Es bemerkte auch niemand, wie zwei gutgekleidete Damen den daneben liegenden Juwelier betraten. Niemand merkte, wie zwei Halbstarke mit Elvis-Tolle, sich vor den Türen der Bank und des Juweliers positionierten. Die Halbstarken, in Jeans und Lederjacke, schauten regelmäßig auf ihre Uhren und gaben sich Zeichen. Währenddessen zückten die beiden Herren in der Bank, Maske und Eisen. „Jeder bleibt da, wo er gerade steht. Dies ist ein Banküberfall, wir machen Ernst und im Koffer ist eine Bombe." Der eine hielt die drei Angestellten in Schach und der andere räumte die Kasse leer. Alles Geld packte er gierig in große Tüten, die in dem Koffer waren. Derjenige, der die Angestellten in Schach hielt, stellte einen Aktenkoffer mit einem tickenden Etwas mitten in den Kassenraum. Drähte schauten heraus. Die Gauner hauten in aller Seelenruhe ab und wendeten ihre schwarzen Mäntel, sodass sie nun weiß waren. Im Juweliergeschäft spielte sich fast das Gleiche ab. Die eleganten Damen ließen sich beraten. Plötzlich hatten sie statt eines Taschentuchs einen Revolver in der Hand. Nicht sehr groß, aber sehr effektiv. Ruck-zuck räumten sie die Auslage leer. Diamantringe und Armbänder und Uhren. Einfach alles was ihnen zwischen die Finger kam. Der Juwelier und seine Angestellten hockten in einer Ecke. Vier Meter vom Not-Schalter entfernt, um bei der Polizeiwache Alarm zu schlagen. Beide sahen nicht, wie die Diebinnen eine andere Perücke aufsetzten. Diese Perücken waren schwarz. Die Mäntel der Damen wurden auch gewendet, sodass sie weiß waren. Inzwischen traf der Krankenwagen ein. Polizisten befragten die Bäckerin. Zwei Notärzte trugen auf einer Bahre die ältere Dame Maria Müller zum Krankenwagen. In diesem Augenblick gaben die Halbstarken den Männern in der Bank und den Frauen im Juwelierladen ein Zeichen. Die vier Erwachsenen gingen auf den Krankenwagen zu, zwangen die Ärzte einzusteigen und brausten mit Blaulicht los. In einem nahegelegenen Waldstück zwangen sie die ältere Dame als Geisel mit in ihren gestohlenen Fluchtwagen zu steigen. Die Bande, einschließlich der Halbstarken, floh über alle Grenzen und wurde nie wieder gesehen. Im abgestellten Koffer in der Bank war übrigens keine Bombe, sondern ein alter Wecker. Maria Müller hieß auch nicht so, sondern war die Großmutter der Bande. Auch die Enkel waren involviert. Und der Clou: Großmutter entwickelte den Plan!

Eine Straßenbekanntschaft

Er saß in der Einkaufspassage auf einer
Decke. Neben sich einen Hut liegend, in den
die vorbeilaufenden Menschen eine
Kleinigkeit hineinwerfen sollten. So stellte
er sich jedenfalls den Tagesverlauf vor. Er
selbst spielte auf einer Mundharmonika, oft
Volkslieder. Er konnte sehr gut darauf
spielen, fast professionell. Eigentlich war er
nicht der typische Bettler, sondern strahlte
etwas Mystisches aus. Er saß auf einem
Hocker. Seine Augen gingen hin und her.
Ludger hieß er. Ein etwa 30 Jahre alter
Mann. Durch einen Unfall verlor er seinen
Arbeitsplatz. Er konnte seinen Job nicht
mehr ausüben, weil ihm ein Bein fehlte.
Ludger fuhr einen Schwertransporter. Fast
jedes Land konnte er so kennenlernen. Er
liebte seine Arbeit. Seine Frau unterstützte
ihn nicht, sondern trennte sich von ihm. Sie
ließ ihn einfach im Stich.

Nun versucht er hier in den
Einkaufspassagen von Amsterdam sich noch
einen kleinen Betrag zu erbetteln. Wie

sollte er sonst überleben? Seine Miete und andere Kosten übernahm das Amt. Nur zum Leben blieb ihm nicht viel, da er noch für die Schulden seiner Frau gerade stehen musste. Eine traurige Sache. Ludger schwieg über seine Lebensgeschichte. Er wollte nicht ausgefragt werden, denn er schämte sich zu sehr. Wochen und Monate verstrichen und der junge Mann saß immer noch dort, jeden Tag spielte er auf seiner Mundharmonika. Mittlerweile war es eisig kalt.

Es schneite, sodass sein Hut voller Schnee war. Trotzdem spielte er weiter und immer weiter. Die Leute liebten ihn mittlerweile und hatten sich daran gewöhnt, dass er da saß. Eines guten Tages stand Heidi vor ihm. Sie hatte schwarze kurze Haare, war schlank und sehr hübsch. Er wusste nicht wo er hingucken sollte. Wie peinlich ihm das war, dass sie ihn so sah.

Eine so schöne Frau schaute ihn fragend an und er konnte nicht entweichen. Ludger hatte ein hübsches Gesicht, darum fiel der Blick nicht auf sein fehlendes Bein. Heidi war zehn Jahre jünger. Sie kam aus einem wohlhabenden Elternhaus, hatte das Abitur gemacht und arbeitete im Krankenhaus. Mit der Zeit kamen beide ins Gespräch. Sie erzählten sich ihre Lebensgeschichten. Sie wurden immer vertrauter miteinander. Heidi lud Ludger immer öfter zum Kaffee trinken ein. Eigentlich sah sie nicht, dass ihm ein Bein fehlte, denn sie hatte sich unsterblich in diesen Mann verliebt. Ludger liebte auch Heidi. Erst hatte er Bedenken aber die Liebe war schon so groß, dass er nicht mehr zurück konnte. Heidis Eltern waren beide Ärzte und nicht damit einverstanden. Aber das junge Mädchen setzte sich darüber hinweg und brachte Ludger eines Tages mit nach Hause.

Die Prachtvilla stand am Rande des Hafens. Es war ein Sonntag. Ludger hatte sich seine besten Sachen angezogen. Heidi trat mit ihm ein. Ihre Eltern betraten den Flur des Hauses und begrüßten Ludger, obwohl sie mit der Verbindung immer noch nicht einverstanden waren. Alle setzten sich an

den Tisch und Ludger fing an zu erzählen.
Alles sagte er, so wie es wirklich war. Er
wunderte sich über sich selbst, wie locker er
wurde. Heidis Eltern hörten aufmerksam zu.
Nie zuvor hatten sie eine so herzergreifende
Geschichte gehört. Mitleid empfanden sie
nicht, sondern bewunderten Ludger, dass er
so viel Mut hatte, seinen Alltag zu meistern.
Sie kamen gut mit ihm klar und mit der Zeit
mochten auch sie ihn sehr.

Heidi und Ludger heirateten in Weiß und
zogen in die „Amsterdamer Villa" ein. Sie
wurden glücklich, obwohl Ludger älter war.
Aber das wurde von dieser wunderbaren
Liebe ausgeglichen. Ludger bekam eine
teure Beinprothese und lernte damit laufen.
Man sah nichts mehr von seiner
Behinderung. Von nun an war auch er
wieder ein zufriedener Mann.

Flucht in die Einsamkeit

Mitten im tiefsten Westerwald, versteckt hinter dichten Tannen, stand eine Holzhütte. Es lebte darin eine verbitterte alte Frau. Niemand wollte etwas mit ihr zu tun haben. Spaziergänger machten einen großen Bogen um das Blockhaus. Der Förster redete hin und wieder mit der alten Dame ein paar Worte und ging dann weiter. Sie wurde von der Allgemeinheit nur geduldet. Wer war sie nur? Warum lebte sie hier zurückgezogen und allein? Seit Jahren hauste sie nun schon in diesem Wald. Sie versorgte sich selbst, indem sie ein paar Hühner hielt und etwas Gemüse anpflanzte. Wenn sie zusätzlich Dinge für den täglichen Bedarf benötigte, teilte sie es dem Förster mit. Der wiederum veranlasste, dass man ihr alles Nötige beschaffte. Ansonsten fristete sie ihr Dasein fernab der Zivilisation. Keinem gelang es Kontakt mit ihr aufzunehmen. Sie kam erst heraus, wenn keine Menschen mehr zu sehen waren.

Welche Geheimnisse umgaben diese Frau? Monate verstrichen und wieder kam der Winter. Hin und wieder klopfte der Förster an ihre Tür um nach dem Rechten zu sehen. Sie öffnete an diesem Morgen nicht. Der Waidmann wurde misstrauisch und veranlasste, dass man die Tür aufbrach. Offenbar war die Frau gestürzt und hatte sich das Fußgelenk verstaucht, sodass sie nicht öffnen konnte. Das hohe Alter spielte sicher auch eine Rolle dabei. Ein Sanitäter wurde gerufen, der sich der Dame annahm. Sie war sehr dankbar und froh, dass sie nicht ins Krankenhaus musste. Ungefragt fing sie plötzlich an zu reden: „Vor vielen, vielen Jahren, meine Kinder waren noch klein, wurde mein Mann schwer krank. Kein Arzt konnte ihm mehr helfen. Er hatte Krebs im ganzen Körper. Auch Schmerzmittel halfen nicht mehr. Immer wieder bettelte er mich an, ich solle ihm doch helfen zu sterben. Ich konnte es aber nicht. Ich konnte aber auch nicht mehr mit ansehen, wie er sich quälte. Dann irgendwann, nachdem er mich wieder anflehte, ihm doch zu helfen und bitterlich weinte, besorgte ich das Gift und tat es. Im Saft aufgelöst, gab ich es ihm zu trinken. Er legte sich hin, wir verabschiedeten uns noch und innerhalb kurzer Zeit schlief er ein. Nach einem langen Gerichtsprozess wurde ich freigesprochen. Meine Kinder haben sich von mir abgewandt, leben in Amerika. Ich hatte mich aus lauter Traurigkeit aus der Öffentlichkeit zurückgezogen und lebe nun hier. Mich stört niemand und es kennt mich auch keiner. Bis auch ich sterben muss, möchte ich gerne hierbleiben."

Alle Emotionen der Zuhörer wurden durcheinander geworfen. Letztlich siegte das Mitleid für die alte Frau. „Verstehen sie? Ich habe nichts mehr. Ich habe alle Menschen verloren.", fuhr sie fort. Sie konnte noch in dieser Hütte wohnen bleiben, bis sie einige Monate später an Altersschwäche und gebrochenem Herzen starb.

Omas letzter Auftrag - Teil 2

Wir erinnern uns noch alle, als Großmutter
Maria Müller mit ihrer Bande, 2 Söhne, 2
Schwiegertöchter und 2 Enkel, gleichzeitig
eine Bank und ein Juweliergeschäft überfiel
und dann im Krankenwagen flüchtete. Ob in
Spanien oder Italien, sie wurden nie gefasst.
Aus der Zeitung wusste die Großmutter
vom Geldtresorraub in Esslingen. Von den
vier Stammtischfreunden aus Herne. Roland
Esser, Freddy Lindenwald, Günther Farber
und Holger Biermann, drehten 1950 das
Ding. Freddy und ihr Sohn Paul waren seit
der Kindheit miteinander befreundet. Des
Öfteren trafen sich beide in Rom. Das Geld
der Jungs aus Herne war langsam
aufgebraucht. Maria Müller war zwar eine
sparsame Oma, aber sie wollte auch ihre
Familie abgesichert sehen. Großmutter kam
auf den idealen Plan, ein großes Ding zu
drehen. Sie war über 80, hatte aber immer
noch genügend Power für solche Dinge. Sie
wusste, dass sie irgendwann an Krebs
sterben würde, aber ihr Geist litt nicht

darunter. Nach zwei Wochen stand der Plan. Alle machten sich mehr oder weniger einen Spaß daraus. Nur Maria Müller war tot ernst.

Mit 40.000 Lire bestach Oma Müller den Wachmann eines Geld- und Gold Transporters. Die Orte und Ankünfte stimmten. Nur Sergio lachte darüber und dachte, dass die Oma nichts auf die Beine bringen würde. Aber das Geld nahm er gerne an. Einen italienischen Sportwagen wollte er sich kaufen. Jeder erhielt von Großmutter eine Order. Roland und Freddy hielten an eine, auf dem Weg gelegene, Autowerkstatt. Omas Söhne kauften in Rom einen ähnlichen Transporter. Er wurde umlackiert mit der Aufschrift SECURITY. Der große Tag kam. Maria Müller überließ nichts dem Zufall. Für sie war es das letzte Ding.

Der Krebs ist sehr weit fortgeschritten. Sie wusste von Dr. Alberto, dass es noch wenige Wochen waren. „Oma", sagte ihr Enkel Toni, „wie sollen wir den Transporter

anhalten?"... „Sei unbesorgt", so die Oma,
„ich sorge dafür." Alle waren bereit. Maria
ordnete zwingend an, dass man sich nicht
um sie kümmern müsse, denn sie habe alles
im Griff. Die Zeit war reif. Der
Geldtransporter wollte auf die Hauptstraße
biegen. „Pass' auf!", schrie ein Wachmann!
„Du überfährst die alte Frau dort." Schon
passiert. Die Wachmänner stiegen aus.
Sofort wurden sie überwältigt. Holger
Biermann raste los zur Werkstatt. Vorne
rein und hinten wieder raus. Alle waren mit
Sprühpistolen ausgestattet und lackierten in
unglaublichen zehn Minuten den
Transporter in Rot um. Freddy stellte den in
Rom verkauften Transporter auf ein
abgelegenes Feld ab und steckte ihn an.
Marias Enkel holte ihn ab. Alle trafen sich
50 km hinter Rom, teilten den Erlös und
verschwanden. Ein Brief lag in der
Werkstatt:

„Es wird alles klappen, ich liebe euch. Aber
mein Krebs zwingt mich zu einer nicht

angenehmen Tat. Wenn ihr das lest, werde ich nicht mehr leben. Bitte lebt euer Leben.

In Liebe eure Oma."

Gefahr aus dem Erdinneren

In der Nähe von Monschau in der Eifel, sollten vulkanische Aktivitäten gemessen werden. Eine sehr hügelige Gegend ist die Eifel. Ein Teil des Rheinischen Schiefergebirges. Dr. Frank Hasselbeck Geologe und Professor Harald Strack, Vulkanologe, wurden beauftragt wichtige Messungen durch zu führen um einen möglichen Vulkanausbruch entgegenwirken zu können. Unter diesem Gebirge brodelte eigentlich schon immer die Erde. Doch in letzter Zeit wurden Vermutungen laut, dass es nicht mehr lange dauern könnte, bis eine Katastrophe geschieht. Dr. Frank Hasselbeck wohnt mit seiner Familie direkt unterhalb einer Gefahrenzone. Vor Jahren haben er und seine Frau dort eine kleine Untersuchungsstation eingerichtet und ein Haus direkt daneben gebaut. Sie sind sehr glücklich. Professor Harald Strack wohnt in der Mitte von Maria Laach und ist den Gefahren nicht direkt ausgesetzt. Jedenfalls wurden ein Geologe und ein Vulkanologe benötigt. Prof. Strack war nicht mehr der Jüngste. Hatte sich eigentlich zur Ruhe gesetzt. Aber die Neugier und sein absolutes berufliches Interesse sorgten dafür, dass er weiter machte. Er meldete sich freiwillig für diese Aufgabe. Die beiden Männer kamen nun an dem Ort an, an dem die Messungen vorgenommen werden sollten. Dr. Hasselbeck hatte Angst um seine Familie. Seit Tagen hörte man

Horrormeldungen über vermutliche, starke Erdbewegungen und einen sehr hohen CO_2 Gehalt, der auf abgasendes Magma zurückzuführen ist. Sie schlugen ein Lager auf, da sie auch in der Nacht Messungen durchführen mussten. Es vergingen einige Tage der Arbeit.

Alles lief zufriedenstellend. Doch die Messungen sprachen eine deutliche Sprache. Sie konnten auch beobachten, dass Ameisen vermehrt ihre Hügel an Stellen errichteten, an denen das Magma besonders intensiv arbeitete. Sie waren im Begriff ihre Zelte abzubrechen und die besorgniserregenden Resultate der Stadt vorzulegen. Nur sie kamen nicht sehr weit. Plötzlich tat sich vor ihnen die Erde auf. Im letzten Augenblick konnten die beiden Männer in ihre Autos flüchten. Alles mussten sie zurücklassen und fuhren in Windeseile davon. Aus der Ferne konnten sie noch beobachten, wie kilometerweit Magma in die Luft geschleudert wurde. Das Haus der Familie von Frank Hasselbeck wurde von dem flüssigen heißen Gestein aus dem Erdinneren überrollt. Keiner war zu diesem Zeitpunkt im Haus. Zum Glück. Alles musste er wieder neu aufbauen und quasi von vorn anfangen. So schön die Eifel auch ist. Er zog in eine andere Gegend. Das Risiko wollte er nicht mehr auf sich nehmen. Es brodelt ständig unter der Erde der Eifel und es wird nicht mehr lange dauern bis eine große Katastrophe für Unheil sorgt. Die Gefahr aus dem Inneren der Erde wird nie gebannt sein und kann immer und überall auftreten. Passen wir lieber gut auf uns auf.

Im Schatten des Geldes

Meine Geschichte spielt in New York. In einem kleinen Restaurant, „Planet Hollywood", arbeitete Sara, eine 35 jährige junge Frau. Sie verdiente für sich und ihre Eltern den Lebensunterhalt. Vater und Mutter sind sehr krank, können sich keine Krankenversicherung leisten und sind daher auf Sara angewiesen. Sara beklagt sich nie und nahm aus Angst, ihren Job verlieren zu können, die schlechten Launen der gestressten Gäste und ihres Chefs in Kauf. Eines Morgens ging die Drehtür des Restaurants auf und ein gutgekleideter Mann mittleren Alters kam herein. Er setzte sich an den Tisch und bestellte etwas. Sara schaute ungläubig. Niemals rechnete sie damit, dass solche Leute einen Fuß in dieses Restaurant setzen. In der Nähe gab es Kurierdienste, Taxi-Unternehmen und andere Dienstleistungsangebote... Hektik herrschte in der Straße, die sich auch auf das Schnellrestaurant übertrugen... und nun kommt dieser gutaussehende, überlegene

Mann herein und verbreitet eine ruhige
Atmosphäre. Leider hatte Sara durch den
Stress keine Zeit zu träumen... Als sie
kassieren wollte, stellte er sich vor. „Mein
Name ist John Breston, ich arbeite hier an
der Börse. Man sagte mir, dass das Essen
bei Ihnen sehr gut ist, aber hauptsächlich
bin ich hier, weil sie mir schon länger
aufgefallen sind." Sara war etwas verlegen,
konnte ihre Blicke aber nicht abwenden.
„Darf ich Sie morgen Abend zum Essen
ausführen?" fragte Breston. Sara
antwortete schnell: „Aber ich kenne sie
nicht, wie käme ich dazu? Ich will es mir
trotzdem überlegen." Kurz darauf
verschwand Breston wieder, legte seine
Visitenkarte neben die noch halb gefüllte
Kaffeetasse. Warum sollte sie eigentlich
nicht mit ihm ausgehen? Seine Art, seine
Ausstrahlung und sein Benehmen haben ihr
doch sehr gefallen. Sie nahm allen Mut
zusammen, rief ihn an und verabredete sich
mit Breston. Am späten Abend, nach ihrem
Date, rief sie ihn an und sagte: „Es war
schön, ich habe den Abend sehr genossen,

ich habe mich in Ihrer Gegenwart sehr wohl gefühlt." Von nun an verabredeten sie sich regelmäßig. Mit der Zeit fing sie an ihn zu mögen und er sie auch. Könnte mehr daraus werden? Ihre Kolleginnen im Schnellrestaurant würden es ihr so sehr wünschen, trug Sara doch ein schweres Schicksal, etwas Ausgleich wäre schön.

Doch eines guten Tages kam er nicht mehr. Sara verzweifelte. Hatte sie etwas falsch gemacht? Hatte sie sich falsche Hoffnungen gemacht? Hat er es nicht ernst gemeint? Oder war ihm etwas zugestoßen? Es verging eine Woche, er kam nicht. Sara wurde immer unruhiger... sie verzweifelte... sie hatte Angst um ihn... sie musste etwas unternehmen. Sie fuhr die Hotels und Restaurants ab, in denen er verkehrte, sie fuhr die Börsenplätze und Büros ab. Plötzlich blieb sie vor dem Eingang des Wellington-Hotels stehen, sie traute ihren Augen nicht. John stieg mit zwei Frauen in bester Feierlaune aus dem Taxi aus. Sie gingen in dieses noble Hotel. Aber im letzten Moment konnte John noch erkennen, dass Sara am Eingang stand. Für sie brach eine Welt zusammen! Warum nur! Sie liebte ihn doch! Er sprach doch auch von Liebe! Jedenfalls sagte er es immer. Was ist passiert?

Sara hatte schlimme Stunden... sie verzweifelte... sie dachte an... NEIN! Da waren noch ihre zu pflegenden Eltern... NEIN, sie musste weiter machen, musste an das Morgen denken! Aber auch John erlebte schlimme Stunden, nachdem er Sara im Hoteleingang erkannt hatte, quälte ihn sein Gewissen, er schickte die beiden Frauen zum Taxi zurück... ging in seine Suite... weinte...

Am darauffolgenden Morgen bekam Sara einen Anruf von ihm. Er bat, ja, er bettelte darum mit ihr reden zu können. Sara gab nach und sagte: „Gut, dann komm' heute Abend zu mir." John kam, setzte sich und wusste nicht wie er anfangen sollte. „Sara, ich war ein Trottel. Ich habe unsere Liebe aufs Spiel gesetzt, nur weil ich mich deinetwegen geschämt habe. Ich habe erkannt, dass geliebt zu werden viel mehr wert ist, als alles Geld der Welt. Kannst du mir verzeihen?"... „Es fällt mir nicht schwer, John, denn ich liebe dich wirklich und von ganzem Herzen." Sie umarmten sich, Tränen flossen... John führte Sara in die Gesellschaft ein, er merkte, was für ein Juwel sie doch gewesen ist, ja, er war und ist sehr stolz auf Sara... Sara und John heirateten.

Sie vergaßen nicht etwa die Vorkommnisse... nein, sie verschwanden durch die aufrichtige Liebe aus ihren Köpfen... fragt man Sara und John heute danach... ... ... sie wissen es nicht mehr...

Im Schweiße deines Angesichtes

Jerry Steed sitzt eines Morgens vor seinem Haus in Oklahoma und wundert sich, dass es immer noch nicht geregnet hat. Seit Wochen herrscht Dürre und seine Frau Donna und er bewirtschaften ein riesengroßes Maisfeld. Von dem Erlös konnten sie immer bisher ganz gut leben. Nur dieses Mal wird die Ernte nicht gut ausfallen. Wenn überhaupt, dann aber so gering, so dass sie nicht davon leben können. Seit Jahren, hatten sie mit Trockenheit in dieser Gegend zu kämpfen, aber dieses Mal war es sehr schlimm. Leon und Bred, ihre Nachbarn, Vater und Sohn hatten mit dem gleichen Problem zu kämpfen. Die Hitze wurde immer unerträglicher. Noch zwei Tage, dann konnten sie die gesamte Ernte abschreiben. Im ganzen Land herrschte Dürre und starke Hitze. Eine Katastrophe bahnte sich an. Selbst die Brunnen trockneten aus und hatten kaum noch Wasser. Das größte Problem war, jetzt nicht mehr die Ernte,

sondern der unerträgliche Durst. Auch
Wälder brannten. Denn durch die große
Hitze wurde der kleinste Funke zum
Waldbrand.

Jerry und Donna Steed taten sich mit den
anderen zusammen. Sie überlegten was sie
tun könnten um sich vor dem Verdursten zu
retten. Jedoch viel ihnen keine Lösung ein.
Am folgenden Tag klagte Bred über
Kopfdruck und Schwindel. Seine Nase
blutete und seine Haut verfärbte sich
schwarz. Innerhalb von Minuten fiel er um
und war tot. Leon, immer noch mit dem
Auto unterwegs, musste mit Entsetzen
feststellen, dass fast an jeder Straßenecke
ein Toter lag. Alle bluteten aus der Nase
und ihre Haut war pechschwarz. Was war
hier los? Er bekam es mit der Angst zu tun.
Warum waren diese Leute tot? Warum
bluteten sie aus der Nase und warum war
ihre Haut schwarz? Jerry und Donna Steed
unterhielten sich. Plötzlich fiel Donna um.
Sie blutete aus der Nase und ihre Haut
wurde schwarz. Sie war sofort tot. Jerry

schrie: „Nein, nein das kann doch nicht sein, Donna, Donna." Er bekam es mit der Angst zu tun. Was ging hier vor sich? Die Hitze, dann an jeder Ecke die Toten, was hatte das eine mit dem anderen zu tun? In der Nähe, auf dem Truppenübungsplatz, war ein heilloses Durcheinander. Wie jeden Monat, fand auch dieses Mal ein unterirdischer Atomtest statt. Nur mit einem furchtbaren Nebeneffekt. Es konnten keine rechtzeitigen Sicherheitsvorkehrungen getroffen werden. Eine furchtbare Katastrophe bahnte sich an. Die radioaktive Verseuchung nahm ihren Lauf. Man konnte es nicht riechen. Man konnte es nicht schmecken, aber man sah, was mit den Menschen und der Natur geschah. Leon und Jerry taten sich zusammen. Leon hatte seinen Vater verloren und Jerry seine Frau Donna. Sie waren verzweifelt. Was konnten sie nur tun? Wen konnten sie nach etwas fragen? Fast alle Leute aus dem unmittelbaren Umfeld waren tot. Leon meinte: „Keiner klärt uns auf. Wir wissen doch alle, dass auf dem

Truppenübungsgelände Atomtests stattfinden. Und bisher ist immer alles gut gegangen. Dieses Mal ist eine gewaltige Scheiße passiert Jeff."… „Ich glaube auch, dass diese Idioten uns gewaltig für dumm verkaufen, Leon." Aber wie können wir herausfinden was wirklich passiert ist? Im TV lief eine Pressemitteilung:

Schon wieder Tote aufgefunden. Unerklärliche Umstände führten zum Tot. „Wir stehen vor einem Rätsel.", so ein Reporter der Times. Aber es wird ihnen versichert, dass alles dafür getan wird, die Sache aufzuklären. Jeff, schaltete den Kasten ab. „Ich bin es leid, diese ständigen Lügen. Immer wird nur vertuscht. Sind wir eigentlich der letzte Dreck?" Leon meinte darauf: „Nur leider können wir weiterhin Rätsel raten." Die Hitze wurde noch unerträglicher. Ein paar Flaschen Wasser hatten sie noch. Was war, wenn diese ausgetrunken waren? Das die gesamte Ernte hinüber war, konnte gar kein Thema mehr sein. Leon und Jeff beschlossen sich zum eigentlich, sehr gut bewachten Truppenübungsplatz, zu schleichen. Irgendetwas musste da im Busch sein. Dort angekommen versteckten sie sich hinter einem riesigen Busch, um zu sehen, was dort gemacht wurde. „Jerry, siehst du auch, was ich sehe?", sagte Leon. „Ja, Leon, sie rennen alle aufgeregt durcheinander und tragen Schutzanzüge, die alles bedecken."… „Was denkst du? Das Selbe etwa wie ich?"… „Ja, Jerry, ich glaube wirklich nicht nur wir, sondern die da hinten stecken ebenfalls bis zum Hals im Mist. Nur mit dem einen Unterschied, dass die genau wissen wie sie sich schützen können." „Wir müssen dringend der Presse einen Tipp geben. Die Sache muss so schnell wie möglich aufgeklärt werden. Die Dreckschweine, lassen uns einfach in dem Glauben, dass nichts passiert ist."

Am nächsten Morgen kam wieder eine neue Meldung. Wieder sind Tote gefunden worden und niemand konnte bisher die Todesursache herausbekommenen. Leon rief die örtliche Tageszeitung an und erzählte von den Entdeckungen, die sie gemacht hatten. Der Chefredakteur spitzte die Ohren. „Ja", meinte er, „so, wie die gefundenen Leichen aussehen, könnte es durchaus ein fehlgeschlagener Atomtest gewesen sein. Die unglaubliche Hitze hat auch damit zu tun. Wir wissen ja alle, dass jahrelang Tests durchgeführt wurden." „Ich möchte nicht wissen", sagte Leon, „wie viele Tests schon in die Hose gegangen sind." Seine Nase blutete, der er aber keine weitere Aufmerksamkeit schenkte. „Gut", meinte Harry Breston von der Tageszeitung, „ dann will ich sofort etwas veranlassen, denn schließlich ist es eine Frage der Zeit, wann wir auch dran sind." In der Abendzeitung stand in dicker Überschrift: „Atomtest schiefgelaufen auf Truppenübungsgelände. Eventuelle radioaktive Verseuchung der größeren Umgebung. Schon hunderte Tote zu beklagen. Was wird den Bürgern denn noch alles verheimlicht?" Die Zeitung stand voll. Jerry sagte zu Leon. „Wie geht es dir?"…

„Nicht gut", meinte Leon, „meine Nase hört nicht auf zu bluten und ich fühle mich sehr schlapp."… „Mir geht es auch nicht besonders, ich glaube auch wir werden sterben.", sagte Jerry, „aber wenigstens haben wir versucht etwas Licht ins Dunkel zu bekommen." Am anderen Tag waren auch Leon und Jerry tot. Sie lagen vor ihren Häusern, noch die Tageszeitung in der Hand haltend.

Der atomare Unfall auf dem Truppenübungsgelände wurde aufgeklärt und die Verantwortlichen vor Gericht gestellt. Der Platz wurde gesichert, sodass

niemand mehr in die Nähe des Ortes konnte. Die Trockenheit hielt noch einige Zeit an, auch starben noch viele Menschen.

Fazit: Immer noch wird viel zu sorglos in der Welt mit Radioaktivität umgegangen. Die Sicherheit der Menschheit ist nicht gewährleistet, sodass wir täglich mit Störfällen rechnen müssen, die aber weitgehend unentdeckt bleiben. Leider.

Kannst du mich verstehen?

Ich musste oft zu Kongressen nach
Frankfurt. Durch meinen Beruf als Banker
komme ich weit herum. Habe schon alles
gesehen und viele Frauen gehabt. Kein
Wunder, denn ich sehe mit meinen 54
Jahren noch recht passabel aus. Um nicht zu
sagen, ich bin ein Schönling, das muss ich
schon sagen. Aber das alles soll nur am
Rande erwähnt werden. Mein Name ist
Knut Bertram. Bin Generaldirektor der
Morgan Stanley Bank in Frankfurt, lebe
alleine. Habe eine nette Eigentumswohnung
zwei Autos. Fahre drei Mal pro Jahr in
Urlaub und müsste eigentlich glücklich sein.
Jedoch bin ich es nicht. Vielleicht liegt es ja
auch an mir. Ich weiß es nicht. Durch meine
Verpflichtung und Verantwortung in
meinem Beruf, habe ich das Thema
Beziehung total verdrängt. Nur leider muss
ich sagen, dass nun der Zeitpunkt
gekommen ist, wo ich an die Zukunft
denken muss. Aber wie sollte ich es
anstellen und wo sollte ich suchen?"

Myriam Schmidt, eine hochintelligente Frau. Hübsch und unabhängig wohnte in der gleichen Straße wie Knut Bertram. Auch sie besaß eine Eigentumswohnung und arbeitete in einem großen Immobilienunternehmen. Myriam ist 6 Jahre älter als Knut. Aber das tut nichts zur Sache.

„Ganz in der Nähe meiner Wohnung zog eine junge Frau ein. Im Augenblick ist mir noch nicht mehr bekannt geworden. Aber ich werde Mäuschen spielen. Sollte sie meine Kragenweite sein, werde ich sie mir schnappen. Ganz schön eingebildet, nicht wahr?" Eines Morgens, als Myriam gerade aus dem Haus gehen wollte, fuhr ein Lastwagen in einem Höllentempo geradewegs auf den anfahrenden Mercedes aus der Nachbarwohnung. Es gab einen fürchterlichen Knall. Und dann eine Totenstille. Myriam verständigte sofort Polizei und Krankenwagen. Was war los?

„Was war los, wo war ich? Ich konnte denken, alles wahrnehmen. Arme und Beine waren vollkommen taub. Und meine Stimme schien nicht zu existieren. Ich wollte etwas sagen, aber ich bekam keine Silbe über die Lippen. Ich wusste nicht einmal, was mit mir geschehen ist. Die Ärzte sprachen, so konnte ich es verstehen, von einem Hirntrauma und einer Lähmung."

Myriam Schmidt wartete bis der Sanitäter und die Polizei erschienen. Der LKW-Fahrer, war nur bewusstlos. „Der Mann im PKW soll angeblich Banker sein.", dachte sie. „Was war nur mit ihm? Er rührte sich nicht."

„Mensch, wo schieben die mich denn nur hin? Ich kann mich nicht bewegen, kann keinen Arzt fragen, was mit mir geschah. Sie schieben mich auf die Intensivstation. Jetzt höre ich einen Arzt sprechen: „Er hat nochmal verdammtes Glück gehabt. Der LKW- Fahrer ist am Steuer eingeschlafen und hatte den großen Lastwagen nicht mehr unter Kontrolle. Fast wäre er drauf gegangen. Aber wir werden unser Bestes tun". Ich verließ mich darauf, hatte ja auch keine andere Möglichkeit."

Myriam Schmidt fuhr dem Krankenwagen nach. Sie wollte wissen, was mit ihrem Nachbarn passiert ist und wartete auch brav im Krankenhaus auf eine Antwort des Arztes. Der Arzt der Intensivstation, fragte sie: „Wer sind sie?"... „Mein Name ist Schmidt. Ich habe den Unfall beobachtet.

Und der Verletzte ist mein Nachbar. Ich hatte alles in die Wege geleitet. Ich glaube ein Recht darauf zu haben, dass man mir sagt was er hat."... „Ja", sagte Dr. Esser, „der Patient ist Knut Bertram, Generaldirektor der Morgan Stanley Bank in Frankfurt. Er hat ein Schädeltrauma und ob er wieder laufen kann, ist noch unklar. Da müsste schon ein Wunder geschehen."

„Nun weiß ich endlich, was passiert ist, aber sterben will ich nicht. Ich will wieder sprechen und laufen lernen." Einige Tage später, kam langsam die Sprache wieder. Nun versuchte Knut krampfhaft gegen das taube Gefühl in den Gliedern anzukämpfen. Es gelang nur schwer. Täglich wurde mit ihm gearbeitet. Das Trauma war, dank guter

Medikamente, schnell überwunden. „Ich werde mich nicht hängen lassen, das weiß ich." Myriam hatte es geschafft, sich eine Besuchserlaubnis für die Intensivstation zu verschaffen. Sie klopfte vorsichtig an die Tür: „Guten Tag, mein Name ist Myriam Schmidt. Ich wohne in der Nachbarwohnung und habe den Unfall verfolgt. Dank meiner schnellen Reaktion konnte ihnen noch rechtzeitig geholfen werden. Ich arbeite im Immobilienunternehmen ein paar Straßen weiter. Bin dort in der Chefetage tätig." Dass Myriam 6 Jahre älter war als Knut, konnte man nicht erkennen. Sie hatte noch nichts von ihrer Attraktivität verloren. Sie war eine schöne Frau. Knut konnte nichts antworten. Er stotterte verlegen: „Ja, danke Frau Schmidt, wie kann ich ihnen für meine Rettung danken?"… „Schon gut", antwortete sie. Von diesem Tag an kam Myriam Knut jeden Tag besuchen. Es entwickelte sich eine Freundschaft und später auch Liebe. Jetzt fuhren beide zu Kongressen. Knut musste in den Rollstuhl,

aber seine Arbeit litt nicht darunter.
Myriam liebte ihn sehr und es machte ihr
nichts aus, dass ihr Mann eine Behinderung
hatte. Die Lebenseinstellung von Knut,
hatte sich geändert. Er hatte großen
Respekt vor Myriam und war dankbar für
jede Stunde die er mit ihr verbringen
konnte. Eigentlich war Knut glücklicher als
jemals zuvor.

Niemand will unser Glück teilen

Brigitte hatte viel durchgemacht im Leben.
Ihre kranke Mutter, die sie pflegte bis zum
Tod. Kindererziehung und einen Tyrannen
von einem Mann, musste sie ertragen, bis
auch er starb, vor einem Jahr. Brigitte
Reimers war 58 Jahre alt. Noch sehr hübsch

und aktiv. Jedoch konnte sie sich nicht mit dem Gedanken abfinden, nie mehr einen Mann kennen lernen zu können. Aber es kam ganz anders. Obwohl ihre Kinder nicht damit zurechtkamen, hatte sie sich unsterblich, in einen gutaussehenden jüngeren Mann verliebt. Der Altersunterschied war nicht gravierend. Nur ein paar Jahre war Brigitte älter. Die Liebe war so groß, dass sie schon nach kurzer Zeit zusammen zogen. Das Internet, hatte diese Beziehung möglich gemacht. Olaf war ein gestandener Mann, hatte studiert und war sehr liebevoll und zärtlich zu Brigitte. Sie lebten in einer kleinen Stadt in Belgien. Eines Tages, sie kamen gerade vom Einkauf zurück, mussten sie feststellen, dass die Haustür aufgebrochen war. Im Flur des Hauses lag ein Brief, auf dem stand, dass es den beiden schlecht gehen würde, wenn sie zusammen bleiben würden. Brigitte und Olaf durchzog ein Schauer. Wie oft wurden sie schon in der letzten Zeit angefeindet. Niemand gönnte ihnen das Glück. Neid und Missgunst bekamen die beiden häufig zu spüren. Warum gönnte man ihnen die Liebe nicht? Man ließ sie einfach nicht in Ruhe. Zum Glück wurde nichts gestohlen. Einige Tage später war der Einbruch fast vergessen, doch es ereignete sich wieder etwas. Das Garagentor war aufgebrochen. Und alles Mögliche an Werkzeug wurde gestohlen. Auch andere wichtige Dinge. Olaf wurde nachdenklich: „Was sind das nur für kranke Menschen?" Brigitte weinte: „Kommen wir denn niemals zur Ruhe?" Auch dieses Mal wurde dieser Vorfall nach einiger Zeit vergessen. Nichts passierte mehr und sie konnten endlich ihr Zusammensein genießen. Leider hatten sie nicht damit gerechnet, dass der Terror per Telefon weiterging. Es klingelte den ganzen Tag. Immer wenn Brigitte den Hörer abnahm und sich meldete, wurde am anderen Ende wieder aufgelegt. Wer war das? Olaf, war das Spielchen leid. Und ließ die ankommenden Anrufe überprüfen. Sie wurden zurückverfolgt.

Eines Tages, klingelte es an der Tür. Ein
Polizist stand vor Brigitte. „Mein Name ist
Erich Henkel. Ich bin der zuständige Polizist
hier im Umkreis. Wenn sie Probleme haben,
müssen sie sich an mich wenden. Nun
komme ich in einer ernsten Angelegenheit.
Sie hatten uns angerufen, dass sie per
Telefon weiterhin belästigt werden. Wir
haben die Anrufe verfolgt und müssen
ihnen leider mitteilen, dass diese Angriffe,
von ein und derselben Person durchgeführt
wurden. Es war ein Familienmitglied, ihnen
bestens bekannt. Frau Reimers…", sprach
Herr Müller, „ich muss ihnen sagen, es ist
ihr Sohn. Er gönnt ihnen das Glück nicht.
Wir müssen da etwas tun, so geht es nicht."
Am nächsten Morgen, mussten sie zur
Wache und der Sohn von Brigitte Reimers
wurde auch geladen. Nach einer
gründlichen Aussprache, stellte sich heraus,
dass er mit dieser Situation nicht fertig
wurde. Seine Mutter hätte sich grundlegend
verändert. Sie war nicht mehr die, die er
kannte. Nein, sie hatte sich
weiterentwickelt, wurde eleganter und

schlanker. Er erkannte seine Mutter nicht mehr wieder. Aber ins Geheim war er doch stolz. Brigittes Sohn akzeptierte, dass seine Mutter ein Recht darauf hatte glücklich zu sein.

Knockout

Die fünfte Runde brach an. Toni hatte schon mehrere Treffer hinnehmen müssen. Irgendwie war Baxxter übermächtig. Dabei hatte Toni wirklich viel trainiert. 42 Sekunden sind schon wieder vorbei. Linda, seine Frau konnte es kommen sehen. Sie saß genau hinter den Ringrichtern. Eine schwere linke, traf Toni. Knockout. Von Beginn des Kampfes an, sah Linda alles wie in Zeitlupe. Sie sah ihren Mann Toni an und wusste, dass etwas nicht stimmen würde.

Sonst tänzelte er immer im Ring, blinzelte ihr zu. Jetzt ein starrer Blick. Toni war von Kindheit an ein ehrgeiziger und fleißiger Boxer. Schon im Kindesalter kannten sie sich. Mit 17 verliebten sich beide ineinander und hatten großartige Träume. Linda begann eine Ausbildung in einer Bäckerei. Tonis Leidenschaft war immer an alten Motoren herumzuschrauben. Eine Ausbildung wollte Toni nicht machen, denn er wollte sofort das große Geld verdienen. Er wollte seiner Linda einiges bieten können. Er nahm auf dem nahegelegenen Schrottplatz einen Job an, und konnte somit seiner Leidenschaft nachgehen. Gutes Geld machte er damit zwar nicht, aber privat Autos reparieren, brachte gute Nebeneinkünfte.

Toni hatte einen durchtrainierten Körper. Eine V- Figur, breite Schultern und ordentlich Muskelmasse. wie gesagt, mit 12 Jahren begann er, mit dem Boxen. Er war sehr erfolgreich. Je höher die Gewichtsklasse, umso härter wurden die

Kämpfe. Linda bat Toni immer und immer
wieder, lieber eine Ausbildung zu machen.
Wir können dann besser sparen und uns
Rücklagen schaffen für das, was wir uns
erträumt haben. Beide hatten eine kleine
Wohnung, ein liebevoll eingerichtetes
Wohnzimmer und ein verspieltes
Schlafzimmer, welches sie ihre Spielwiese
nannten. Für Linda war es das Paradies. Und
jetzt? Jetzt sah sie Toni, wie in Zeitlupe zu
Boden fallen. Alles ging ihr nun durch den
Kopf. Toni erhielt hohe Preisgelder. Aus der
kleinen Wohnung wurde ein prachtvolles
Haus. Zwei Sportwagen für Toni. Luxus-
Kleider für Linda. Sie war eine Frau, die sich
vom großen Geld verführen ließ. Aber war
es das wert? Tonis Körper fiel immer weiter
zu Boden, immer weiter. „Was nutzt uns
der Luxus, wenn meinem Mann etwas
zustößt.", dachte Linda. „Mein Gott, ich will
alles wieder eintauschen", schrie sie über
die Ringrichter hinweg. Sie rannte los. Tonis
Körper fiel hart zu Boden. Man hörte nur
ein Knacken. Linda wollte in den Boxring,
aber der Trainer hielt sie von dort fern.

Auch er hörte das Knacken. Der Trainer schrie: „Er darf nicht berührt werden." Die Ambulanz trat ein und die Dinge nahmen ihren Lauf. Heute sind Linda und Toni immer noch ein Paar und beide haben eine Tochter. Linda übernahm die Bäckerei. Inhaber Gerd Rot verkaufte sie aus Altersgründen. Über dem Eingang hängt weiterhin das Schild mit der Aufschrift „Gutes Brot gibt es bei Rot". Toni hilft oft aus, so gut es geht. Er sitzt zwar im Rollstuhl, aber er lebt.

Sein Rennen

Zwei Männer stiegen nachts in „Bob Cob's Rennstall" ein. Sie haben nichts gestohlen, sie ließen etwas dort. Am nächsten Tag stand das NASCAR-Rennen an. Bob und sein Team waren sehr zuversichtlich, mindestens einen dritten Platz einzufahren, schließlich benötigten sie den Gewinn, da ihr Rennwagen eine völlig eigenständige Karosserie besaß.

Der Motor wurde von Steve gewartet, die Karosserie war eine Gemeinschaftsproduktion. Jeder konstruierte am Rennwagen eifrig mit. Was erst eine wilde Idee war, entwickelte sich nach dem Besuch im Windkanal als Hammer. Fantastische Werte beim Luftwiederstand und dann noch diese keilförmige Form, Bob sagt jedes Mal: „Mein sexy Baby" zum Geschoss.

Die Anspannung steigt, jeden Augenblick das Startsignal. Steve hat beste Arbeit geleistet, die 8 Zylinder laufen rund, jede kleinste Unruhe würde Bob merken, er ist so sensibilisiert, dass er sogar im Hintern eine Vergaserfehleinstellung von einer achtel Umdrehung bemerkt. 3, 2, 1 und los. Ein Blitzstart für Bob, drei Rennwagen sind

gleich in der Startphase überholt. In dieser
Saison gab es bereits 3 zweite Plätze, heute
sollte es klappen, das ahnte wohl auch Dan
Saxxon mit seinem Pontiac, er gewann das
letzte Rennen, nicht ganz unumstritten,
aber nachzuweisen war ihm nichts.

Saxxon schob sich auf den ersten Platz vor,
Bob steht auf der vierten Position. Dahinter
spielt sich die Hölle ab, um jeden
Zentimeter wird gekämpft. In den bislang 6
Saisons, die Bob bislang erlebte, zeigte sich
Saxxon als eher ungestümer Rennfahrer.
Sein Vater steckte viel Geld in den Saxxon-
Rennstall, Dan war quasi zum Siegen
verbannt. Aber als Sieger wollen schließlich
alle aus dem Rennen gehen. Bob dagegen
war ein Rennfahrer seit der Kindheit. In
seiner Seifenkiste baute der Vater eine
andere Übersetzung ein, das war erlaubt,
denn jeder hatte konstruktive Freiheiten.
Als Bob 14 war, der Vater starb in dem Jahr,
schraubte Bob nun selbst. Das Rennrad
wurde leichter gemacht, das Motorrad
getunt, in den Straßenwagen kam ein

Rennmotor. Dann lernten sich Bob und Steve kennen, beide schraubten sie an allem, was ihnen in die Finger kam. Und nun das Nascar-Rennen, ein Traum wird wahr wenn es zum Sieg reichen würde.

Aber da war eben Dan Saxxon, der hatte etwas dagegen. Den wahrscheinlich teuersten Rennwagen auf der Strecke, aber ihm fehlte eben das gewisse Extra. Bob kommt näher, Bob überholt gekonnt den Dodge, Bob sitzt nun Dan Saxxon im Nacken. Normalerweise kann Bob mit seinem Baby den Pontiac von Saxxon nicht überholen, aber da ist eben das gewisse Extra, was eben in Bob ist.

Die Rennwagen kommen an der Zuschauertribüne vorbei, es wird gejubelt, man liebt Bob's Baby eben, aber auch Bob, dieser sympathische und immer gut gestimmte Junge von nebenan.

Kurz hinter der Tribüne beginnt das Baby zu stottern. Zwei Wagen überholen Bob, wer nun auch auf die Idee von Steve kommt…

Sabotage, dem sei gesagt, dass ab der vierten Platzierung die Rennwagen nicht kontrolliert werden. Bob sprach mit seinem Baby: „Komm', wir schaffen das... komm' Baby, gib alles!"

Der vierte Platz scheint für Bob sicher zu sein, bei einem Defekt am Vergaser wäre er darüber froh, erst Recht Dan Saxxon. Noch zwei Runden sind zu fahren. Bob sieht plötzlich vor sich eine riesige Staubwolke, er fährt über Trümmerteile. „Auch das noch!", schreit Steve in der Boxengasse. „Hoffentlich halten die Reifen!"

Die Rennwagen auf Platz 2 und 3 haben sich aus dem Rennen geschossen. Bob ist plötzlich wieder auf dem zweiten Platz, aus der Sicht von Saxxon ist das doch OK, oder? Aber Saxxon zeigt Nerven, lässt sich in der letzten Runde zurückfallen, täuschte ebenfalls Motorprobleme und versucht Bob aus der Rennstrecke zu drängen.

Vergebens, denn es bleibt dabei, Dan Saxxon ist der Winner, Bob mit seinem Baby belegt den zweiten Platz. Steve ist überglücklich, Bob jubelt und Dan hielt sich zurück. Die Vergaseraussetzer sind längst vergessen, das Preisgeld ist in Bobs und Steves Köpfen.

Aber nicht bei den Untersuchungskommissaren, sie fanden in Bobs Rennwagen eine Funkfernsteuerung, wiesen verunreinigtes Rennbenzin nach. Mit dem eigenartigen Benehmen von Saxxon und seinem Fahrzeug, was keinerlei Probleme hatte, nahmen sie Saxxon in die Mangel. Dan Saxxon gestand, auch weitere Manipulationen. Er angergierte zwei Profis, die in die jeweiligen Rennställe einbrachen und die Rennwagen manipulierten.

Bob wurde natürlich zum Sieger erklärt. Ach ja, die ganze Saison gewannen Bob und sein Baby.

Vorahnung

Jack Brady sprang. Etwas mulmig wird ihm wohl gewesen sein. Er weiß es nicht mehr. Jetzt sprang er 100 Meter in die Tiefe. Bei den ersten Metern dachte er daran, ob auch die Gurte und Karabinerhaken genug gesichert sind. „Hoffentlich reißt das Seil nicht.", dachte er. Bungeespringen bringt auch Risiken mit sich. Jack wurde etwas flau im Magen. Als er sich im freien Fall befand, sah er ein Kind vor Augen. „Wie war das möglich?", fragte er sich Jack und erkannte sich selbst. In einem hellen Licht erkannte er sein Gesicht nach der Geburt. Seine Eltern waren sehr liebevoll zu ihm. Vater Frank schraubte den Stuhl, an dem der kleine Jack hochklettern wollte, auf dem guten Parkett fest. Damit wollte er erreichen, dass der Kleine nicht kippte. Mutter Jane schimpfte, freute sich aber gleichzeitig über die Fürsorge von Frank. Mit Freund Carl stieg Jack oft durch ein kleines Loch in den Nachbargarten. Jede Menge Äpfel gab es dort kostenlos. Jedoch

Nachbar Peters ärgerte sich immer, wenn die Lausbuben kamen und Äpfel klauten. In der Schule machte sich Jack sehr gut und seine Leistungen waren einmalig. Bis zum Studium lief es reibungslos. Hier lernte er auch Cindy kennen und lieben. Cindy war etwas älter als Jack.

Nach der Ausbildung wünschten sich beide zwei Kinder. Sie studierte Sprachen und bekam einen Job an der Stadtzeitung. Auch über Sport berichtete sie. Sie wusste auch, dass Bungeespringen eine gefährliche Sportart war. Aber es war nun mal Jacks Wunsch, einmal im freien Fall den Erdboden zu erreichen.

Zwei süße Mädchen wurden geboren und sahen Cindy sehr ähnlich. Die Ohren haben sie aber von mir meinte Jack immer lachend. Sie unternahmen sehr viel gemeinsam mit den Kindern. Die Dinge rauschten an Jack vorbei und das Licht wurde immer heller und greller. „Was passiert hier nur?", dachte er. Das war sein letzter Gedanke, bevor er in den Tod stürzte.

Plötzlich ein Schrei! Cindy schüttelte ihn wach und schrie: „Jack, wache endlich auf, es war ein Traum." Heute sollte das Freizeitparadies mit Pam und den Kindern besucht werden. Jack hatte für 14 Uhr den Bungeesprung gebucht. Nassgeschwitzt und kreidebleich ging Jack zur Toilette. Die Familie fuhr daraufhin zum Park. „Sie sind der Nächste", sagte das Personal. „Nein", sagte Jack, „ich kneife. Ich träumte, dass der Karabinerhaken brach und ich abstürzte. Ich habe Angst um meine Familie und um mein Leben."

Der erfahrene Mann am Bungee-Seil lachte und zeigte Jack die gute Ausrüstung. „Fünf sind vor ihnen gesprungen. Das Geld kann ich ihnen leider nicht erstatten. Schauen sie, hier sind die Karabinerhaken."

Als er den dritten Haken in die Hand nahm,
brach das Gelenk in zwei Teile.

Konstanzes Vermächtnis

Meine Geschichte spielt um 1880 zur Zeit
der Monarchie in Deutschland...

Kaiser Wilhelm der Erste wurde 1871 zum
Kaiser ernannt. Ein deutscher Nationalstaat
entstand. Durch die Hochindustrialisierung
ging es Deutschland recht gut. Das hielt bis
zum Ausbruch des ersten Weltkriegs 1914
an. Damals verlor die Monarchie ihre
Dominanz durch die soziale Not.

Es gab erst ab 1885 erste Fahrzeuge und dampfbetriebene Straßenbahnen. Pferdekutschen dominierten das Straßenbild.

Berlin 1880

Konstanze sah sehr schön aus in ihrem neuen Kleid. Der Jugendstiel hatte gerade Einzug gehalten und prägte die Modewelt. Ausladende Reifröcke oder Kostüme, sowie überdimensionale Hüte waren hochmodern!

Die junge Frau hatte Schwierigkeiten ihren Rock zu fassen, schaffte es aber dann doch in die wartende Kutsche einzusteigen. Sie musste schnell ins Geschäft. Konstanze war Inhaberin einer kleinen Schneiderei, die bis vor kurzem noch ordentlich Kundschaft hatte.

Selbst Otto von Bismarck hatte schon bei ihr schneidern lassen. Nun ist es sehr ruhig geworden, obwohl es den Leuten nicht schlecht ging. Konstanze selbst hatte sich in einer kleinen Hinterhofwohnung niedergelassen. Das genügte ihr vollkommen, denn sie hatte für sich keine großen Ansprüche. Außerdem war die Wohnung günstig; sie musste sparen wo es nur möglich war. Drei Angestellte waren in ihrem Laden beschäftigt und mussten alle zwei Wochen bezahlt werden.

Potsdamer Platz

Angekommen an ihrem kleinen Laden, sagte Konstanze dem Kutscher, dass er einige Minuten warten möge. Sie stieg nicht aus, sondern beobachtete, wie ein gutgekleideter Herr ihr Geschäft verließ.

Der Anblick des Mannes machte sie stutzig, denn wie lange war es her, als solche Leute sie aufgesucht hatten? Er rief eine Kutsche herbei... weg war er...

Konstanze stieg nun aus und ging in die Schneiderei. „Konstanze, Konstanze, was denkst du wer gerade hier war?" Lotte konnte vor Aufregung kaum sprechen.

„Bitte langsam, Lotte.", sagte Konstanze und Lotte fuhr fort: „Ein Adeliger scheint er zu sein, ein feiner Herr... nur in Seide gekleidet. Er bestellte eine große Menge Gardinen und Brokatvorhänge. In drei Wochen will er alles abholen lassen. Eine großzügige Anzahlung hat er geleistet!" Lotte war immer noch sehr aufgeregt. Als beste Näherin verdiente sie für damalige Verhältnisse recht gut, 100 Mark, das kam schon fast dem Gehalt eines Beamten gleich... Konstanze sagte immer: „Du bist es Wert, darum zahle ich dir einen guten Lohn."

„Hast du dir den Namen Herrn aufgeschrieben, Lotte?", bemerkte die Chefin.

„Natürlich, er hieß Freiherr von Beck!" „Von der Anzahlung werde ich die Stoffe kaufen, damit wir pünktlich liefern können.", sagte Konstanze.

Sie benötigte feinste Seide und Brokatstoffe. Am nächsten Tag fuhr sie nach

Paris zu einer befreundeten industriellen Familie, die eine große Weberei besaß und Seide aus Indien bezog. Konstanze bestellte das was sie benötigte und fuhr nach Berlin zurück.

Einige Tage später kam die Ware mit der Bahn und musste vom Personal abgeholt werden. Nun flogen die Stoffe hin und her... es wurde gemessen und genäht... alles musste genau stimmen... keiner durfte sich einen Patzer erlauben, denn die Stoffe waren zu wertvoll.

Einige Wochen später ließ Freiherr von Beck die fertigen Gardinen abholen. Gleichzeitig schickte er an Konstanze eine Einladung um sich für die problemlose und gute Fertigstellung zu bedanken. Auf der Einladung stand „Schloss Britz".

„Na, ja, Schaden kann es nicht dieser Einladung zu folgen.", sagte Konstanze. Einige Tage später befand sie sich in bester

Gesellschaft wieder. Der preußische Landadel bat zu Tisch. Der Herr des Hauses, Emanuel von Beck, war noch recht jung. Vor einiger Zeit zog er in dieses Schloss, renovierte es aufwändig... die schönen Vorhänge und Gardinen von Konstanze zeigten seinen guten Geschmack.

Der Freiherr wollte viel wissen von Konstanze, ebenso seine Schwester, die das Schloss ebenfalls bewohnte. Das Essen war wunderbar; und der Wein stieg Konstanze in den Kopf.

„Ich werde Sie selbstverständlich mit der Kutsche zurückbringen lassen.", sagte von Beck. „Ich fahre gern mit, damit Sie gut ankommen."

Konstanze schämte sich... musste ausgerechnet dieser Mann sehen wo sie wohnte? In einer schäbigen Hinterhofwohnung... nein, das wollte sie auf keinen Fall! „Ach, wissen Sie, bis zum Potsdamer Platz ist doch nicht so weit, das geht schon, wenn ich allein fahre!"

„Ungern, aber wenn es Ihr Wunsch ist.", entgegnete von Beck.

Sie verabschiedeten sich und von Beck bedankte sich nochmals für die wunderbare Arbeit. Geschickt lud er sie zu einer Bootsfahrt ein. Der Langen See war nicht weit vom Schloss entfernt, die wunderbare Seenlandschaft rund um Berlin lädt zum Spaziergang oder zum Rudern ein... Konstanze willigte ein.

Das Glöckchen der Ladentür müsste geölt werden, man nahm sie kaum mehr war. Als Emanuel von Beck eintrat, konnte man aber seine kräftigen Schritte wahrnehmen.

Lotte kam aus der Nähstube nach vorne und wollte wissen, was sie für ihn tun könne. Dieser wollte Konstanze zur Bootsfahrt abholen. „Guten Tag!", meldete sich Konstanze und gab dem Personal Bescheid.

Immer wieder musste Konstanze neuerdings dem Personal unter die Arme greifen, da, oh Wunder, viele Aufträge hereinkamen. Aber erst seit von Beck ihr Kunde wurde! Es musste sich wohl sehr schnell herumgesprochen haben, dass von Beck Kunde bei ihr war. Den Verdienst, den die Kundschaft brachte, konnte Konstanze dringend gebrauchen.

Sie fuhren mit der Kutsche zum See und genossen den sonnigen Tag. Auf der Heimfahrt schaute Emanuel Konstanze lange an und bemerkte: „Sie sind eine sehr schöne Frau, Konstanze."

Verlegen schaute sie zur Seite und antwortete nicht. Nachdem sie am Potsdamer Platz angekommen sind, verabschiedeten sie sich. Sie traute sich nicht ihm in die Augen zu sehen, so verlegen hat sie Emanuel gemacht. Schnell stieg sie aus und verschwand im Laden.

Von Beck war ein Mensch, der sich nie auf die faule Haut gelegt hatte; er angergierte sich in der Industrie und im Bergbau. Über Arbeit konnte er sich nicht beklagen, schließlich musste das Schloss finanziert werden. Was nutzte ihm der Adelstitel, wenn er ein armer Schlucker war.

Konstanze arbeitete mit Lotte und den beiden anderen Frauen ununterbrochen. Es wurde gemessen, zurechtgeschnitten und genäht. die feinen Damen und Herren der Gesellschaft kamen gern zur Anprobe oder bestellten Stoffe.

Über Aufträge konnte sich Konstanze nicht beklagen, das war auch gut so, so konnte sie die Löhne pünktlich bezahlen. Die Ladenmiete war auch nicht billig... nach langer Durststrecke konnte Konstanze nun endlich aufatmen! Selbst für den Leierkastenmann, der sich seit einigen Tagen vor dem Laden platzierte, fiel immer etwas ab.

Nach ein paar Wochen meldete sich Freiherr von Beck wieder bei Konstanze. Er kam, wie immer nicht lautlos, in den Laden gelaufen und rief voller Freude: „Fräulein Konstanze, ich bin es, Emanuel!" Sie hörte es nicht, denn sie war gerade damit beschäftigt ihre neuste Errungenschaft auszupacken... eine neue Nähmaschine! Es war ihre erste Nähmaschine, eine Opel, auf die Konstanze sehr stolz war... nun konnte sie noch schneller arbeiten.

Immer wieder rief von Beck: „Konstanze, ich bin es, Emanuel!"... Endlich reagierte sie und kam in den Laden. „Guten Tag, Emanuel, kann ich etwas für sie tun?" „Nein... oder doch!" Er wusste nicht wie er beginnen sollte... „Ich möchte mit Ihnen nach Luisenstadt fahren und Sie ins Theater einladen." Schon wieder eine Einladung, dachte sie... sie wurde rot. Was bezweckte er damit? „Ja, gern, Emanuel."

„Jetzt Sonntag!" Emanuel freute sich. Von Beck weiter: „Fräulein Konstanze, ich habe gehört, dass der Mietshausbau in Charlottenburg floriert, ich könnte ihnen in einer besseren Umgebung eine Wohnung besorgen. Außerdem bin ich mit dem Bürgermeister Fritsche sehr bekannt." „Sie meinen es sicher gut mit mir, aber ich möchte hier nicht weg, ich bin hier

aufgewachsen und meine Kundschaft
wohnt hier."

Am Sonntag fuhren sie gemütlich mit der
Kutsche nach Luisenstadt ins Zentral
Theater. Eine wunderbare Aufführung bei
der sich auch Konstanze und Emanuel näher
kamen. Plötzlich saßen sie ganz eng
beieinander. Ungewollt berührten sich ihre
Hände... erschrocken zog Konstanze ihre
Hand zurück. Aber Emanuel zog sie wieder
an sich und küsste ihre Hand... sah sie an...
ihre Blicke trafen sich.

Von diesem Augenblick an begann eine
Romanze.

Nach wie vor trafen sie sich. Die Schneiderei
lief gut. Viele Menschen zogen hierher,
auch sie wurden Kunden der Schneiderei.
Dem Leierkastenmann ging es ebenfalls
recht gut. Von den Groschen, die er bekam,
konnte er gut leben. Von jetzt an sollte sich
alles ändern.

Regelmäßig fuhr Konstanze nun mit dem Zug nach Frankreich um Stoffe zu kaufen. Auch an diesem Tag... ausgerechnet jetzt... inmitten des Erfolgs, geschah das Unfassbare... Sie wollte gerade in den Zug einsteigen und machte einen Fehltritt... sie fiel... der Zug kam in Fahrt und, wie furchtbar, er fuhr über ihre Beine... es war grausam.

Man brachte sie in eine Krankenanstalt. Der behandelnde Arzt sagte nur: „Mein Gott, so eine junge Frau." Die Operation dauerte sehr lange. Am nächsten Tag konnte der Arzt Konstanze mitteilen, dass sie ihr Beine zwar behalten kann, jedoch die Nerven geschädigt sind, so dass sie nie wieder laufen könne.

Konstanze weinte unaufhörlich. Eine Welt brach für sie zusammen. Ihre Schneiderei... ihre Wohnung, in der sie sich so wohl gefühlt hatte... was soll nun werden?

Sie musste stark sein, irgendwie musste es weitergehen, dachte sie.

Konstanze veranlasste, dass Emanuel, Lotte und einige Freunde, eine Benachrichtigung erhielten.

Der Aufenthalt im Sanatorium dauerte viele Wochen... Konstanze kämpfte, ihr Lebensmut verhalf ihr dabei, dass sie wieder nach Hause konnte. In der Zwischenzeit teilte ihr Lotte mit, dass sie sich nicht um das Geschäft sorgen müsse. „Ich werde mich darum kümmern, alles wird gut!"

Emanuel erhielt den Brief während einer geschäftlichen Besprechung. Er öffnete den Brief, setzte sich, eiskalt lief es ihm über den Rücken. Sein Einglas glitt ihm vom Auge, ganz bleich wurde er.

Er rief nach seiner Hausdame Berta: „Bitte packen Sie mir sofort das Nötigste für einige Tage ein, ich verreise!" Berta stellte keine Fragen, aber sie vermutete, dass, anhand vom Gesichtsausdrucks von Becks, etwas nicht stimmt. Der Schlossherr rief die

Kutsche, einige Stunden später kam er zu Konstanze.

Das Krankenhaus machte einen beängstigenden Eindruck... kalt und unpersönlich war das Gemäuer. Aber es nutzte nichts, er musste zu Konstanze. Er weinte noch bevor er das Zimmer betrat. Emanuel öffnete die Tür. Sie saß im Rollstuhl... mit dem Gesicht zum Fenster. Sie schämte sich.

Konstanze wollte nicht, dass er sie so sah. Er flüsterte: „Bitte mein Schatz, drehe Dich zu mir um, bitte." Langsam drehte sie sich zu ihm, ganz gelang es ihr jedoch nicht.

Ihre Schönheit hatte nicht gelitten... aber die Seele... was war sie denn noch wert? Sie konnte nicht mehr laufen, die Gedanken an die Zukunft verwarf sie.

Aber Emanuel ließ sich nicht von ihrer Behinderung beeinflussen, er sprach: „Konstanze, ich habe dich als eine lebensbejahende, fleißige Frau kennengelernt, dazu noch jung und schön, bitte verzweifle nicht. Ich werde immer für dich da sein. Die besten Ärzte werden wir konsultieren, mit Geduld und meiner Liebe zu dir wirst du wieder laufen können. Glaube fest daran, bitte."

„Emanuel, mein Traum ist zerplatzt, es lief doch alles so gut." „Aber Konstanze, es läuft auch weiterhin so gut, ich werde die Schneiderei übernehmen, wir heiraten und Du sitzt weiterhin an der Nähmaschine und organisierst alles."

Sie konnte nichts mehr sagen: „Aber,... aber,..." „Nichts, aber,...", grinste Emanuel und küsste sie zärtlich. Vieles wurde ihr nun klar und sie weinte vor Glück.

Die Hochzeit fand im Schloss Britz statt. Sie heirateten in Weiß. Konstanze war eine schöne Braut. Sie lebten bis zum Kriegsausbruch 1914 im Schloss. Emanuel starb wenig später an einer Lungenentzündung. Konstanze und ihr

Söhne hatte in der Schweiz ein Zuhause gefunden.

Aus der kleinen Schneiderei wurde dank des Herrn Freiherr von Beck ein riesiges Unternehmen, das von der Schweiz aus geführt wurde. Konstanze erreichte ein hohes Alter. Wenn sie an ihre kleine Schneiderei am Potsdamer Platz dachte, schmunzelte sie.

Zur Erinnerung an ihre Mutter, zogen Sigmund und Fritz von Beck wenige Jahre später nach Berlin um das Textilunternehmen ihrer Eltern weiterzuführen. Sigmund und Fritz starben relativ früh. Eine Erbkrankheit raffte sie dahin. Da gab es noch Josefine, die Tochter von Fritz von Beck. Sie war eine schöne attraktive junge Frau im Alter von 28 Jahren.

Sie war anmutig, grazil und elegant, wie ihre Großmutter Konstanze. Das Haus, in dem sich die kleine Schneiderei befand, existierte nicht mehr. Nach dem Krieg wurde alles neu bebaut und es entstand neuer Wohnraum. Berlin war nach wie vor Anziehungspunkt und viele siedelten sich in dieser einmaligen Stadt an. Josefine konnte sich aber an Hand von alten, vergilbten Fotos, ein Bild von der kleinen Schneiderei am Potsdamer Platz machen.

Konstanze war stolz auf ihren kleinen Laden. Er war Treffpunkt für die einfachen Leute und die gutbetuchten. Josefine war sehr stolz eine Großmutter gehabt zu haben, die in der Kaiserzeit im Alten Berlin einen Namen hatte. Viel musste in den ersten Jahren mit der Hand genäht werden. Später dann kam die erste Singer Nähmaschine, die schon damals sehr teuer war. Konstanze sparte damals an allen Ecken und Kanten, aber sie schaffte es. Nach und nach kamen noch zwei weitere Maschinen.

Josefine hatte nicht nur die Schönheit ihrer Oma geerbt, sondern auch ihren Ehrgeiz, ihren Stolz und ihr Durchsetzungsvermögen. Immer stolzer wurde Josefine, denn das was sie auf den Fotos sah und aus den Briefen ihrer Großmutter erfuhr, machte sie traurig und stolz zugleich. Nicht immer gab es gute Monate in der Schneiderei. Das Personal musste bezahlt werden und lieber verzichtete Konstanze auf viele Dinge, als dass sie ihr Personal vernachlässigte. Das hätte sie sich nicht leisten können.

Das Textilunternehmen ihres Vaters Fritz von Beck und ihres Onkels Sigmund, sollte sie weiterführen. Sie wollte nicht, denn sie hatte ganz andere Vorstellungen. Da ihre Großmutter immer schon ihr Vorbild war, erlernte sie den Beruf der Schneiderin und machte ihre Meisterprüfung. Josefines Herz hing an den nostalgischen Dingen. An den Kleidern und Hüten, die damals getragen wurden und vor allem an den kleinen Geschäften, die viel Gemütlichkeit und Wärme ausstrahlten.

Josefine veranlasste, dass das Unternehmen in andere Hände kam und machte in Berlin, am Kurfürsten Damm ein kleines Geschäft auf. Normalerweise bräuchte sie nicht arbeiten, denn sie war schon jetzt eine sehr reiche Frau. Sie wollte einfach ihrer geliebten Oma eine Art Denkmal setzen mit dieser Schneiderei. Der Schriftzug über dem Eingang lautete: „Josefines und Konstanzes Nähstübchen". Dies sollte an ihre wunderbare Großmutter erinnern. Die junge Frau, wollte Kleidung nähen, die zwar modern sein sollte, aber einen Hauch von Nostalgie aus dem 19. Jahrhundert haben sollte. Sie hoffte damit eine einzigartige Mode auf den Markt zu bringen.

„Frank, kannst du mal kurz kommen?", rief Holger Breitscheid von hinten aus der Halle! Er war führende Kraft in einem Logistikunternehmen in Berlin Spandau. Die Frachtkontrolle war das Wichtigste überhaupt in dieser Firma. Die LKW's mussten richtig beladen sein und auch gut gesichert werden. Frank Schulte, war mit seinen 24 Jahren erst am Anfang seines Berufslebens, da er sich schulisch weitergebildet hatte. Anfang der 1970'er Jahre wurde in großen Firmen noch nicht auf jeder Ebene mit Computern gearbeitet.

Viele Arbeitsgänge waren noch recht mühsam, gerade in solchen großen Unternehmen, zu bewerkstelligen. „Ja, rief Frank Schulte, ich komme sofort." Frank war die rechte Hand von Holger Breitscheid. Die Kollegen sagten oft, sie seien ein tolles Team.

Berlin war jetzt im Wandel der Zeit. Alles wurde moderner. Einkaufszentren wurden errichtet und die kleinen Geschäfte hatten kaum noch eine Chance zu überleben. Doch Josefine von Beck, ließ sich nicht davon beeindrucken. Sie baute jetzt gerade von ihrem Ehrgeiz angespornt, ihren kleinen Laden auf. Alles war hochmodern und auch die besten Nähmaschinen konnte sie anschaffen. Sie stellte vier Näherinnen ein. Von den Räumlichkeiten her, war es auch schon ausreichend. Liselotte, Klara, Conni und Brigitte waren einfach perfekt.

Das Konzept stand und es wurden Probekleider genäht, die Josefine in ihrem kleinen Schaufenster ausstellte. So konnte sich die künftige Kundschaft schon einmal ein Bild machen. Ihre Stoffe, ließ sie sich von einer ansässigen Spedition liefern. Die edlen Stoffe, suchte Josefine in verschiedenen Ländern aus, die dann wiederum diese Spedition beauftragte die Stoffe abzuholen und auszuliefern.

„Frau von Beck!", rief Klara, „Sind denn schon Aufträge hereingekommen?" Josefine antwortete ruhig:" Nein, Klara noch nicht, aber es wird bestimmt nicht lange dauern, denn wir haben ordentlich Werbung gemacht. Wie damals, in der Zeit ihrer Großmutter Konstanze, spielte auch vor ihrem kleinen Laden ein Leierkastenmann, die alten Berliner Lieder aus der Zeit als Zille noch lebte." „Alles hatte sich geändert, nur die Leierkastenspieler werden wohl nie aussterben.", dachte Josefine.

Ja, das ist eben Berlin, was wäre diese Stadt ohne sie.

„Frank, wie weit bist du mit den Speditionsaufträgen?", rief Holger Breitscheid. Er antwortete etwas genervt, denn mehr wie arbeiten konnte er auch nicht: „Die Fracht muss noch gesichert werden, dann fahre ich selbst raus." „Dieses Mal ist es ganz in der Nähe", sagte Frank. „Okay, bis heute Abend dann mein Freund.", murmelte Holger, während er die Halle verließ. „Ach ja, noch was ist wichtig. Denke bitte an meine Geburtstagsparty, deine Frau wollte doch einen Käse-Igel vorbereiten, den du mitbringen willst."

Josefine wartete an diesem Morgen ungeduldig auf eine Stofflieferung aus Paris. Feinste Seide hatte sie für ihre ausgefallenden Modelle gekauft. Sie stand hinter der Ladentheke und sortierte Ware ein, als die Tür aufging und die Hauseigentümerin Johanna Wirtz eintrat. Hanna war ihre Freundin. Sie gingen zusammen in die Schule und verstanden sich so gut, als wenn sie Geschwister gewesen wären.

Aufgeregt sagte Johanna: „Fine, Fine ich kann nicht mehr, du musst mir helfen." „Was ist denn los Hanna?", fragte sie die junge Frau, die im gleichen Alter war wie Josefine. „Es ist etwas Schlimmes geschehen. Ich war heute beim Arzt und mir wurde eine schlimme Nachricht mitgeteilt.", antwortete die verzweifelte Frau. Johanna hatte einen kleinen Jungen von drei Jahren. Der Vater hatte sie schon kurz nach der Geburt des Kindes sitzen gelassen. Unter Tränen sprach sie weiter: „Fine, man hat mir nur noch ein halbes Jahr Lebenszeit bescheinigt, da ich Blutkrebs habe, der nicht mehr heilbar ist."

„Nun mache ich mir Vorwürfe, dass ich nicht schon viel früher zum Arzt gegangen bin.", sagte Johanna mit einer weinerlichen Stimme. „Was mache ich denn nur mit dem kleinen Denny, was soll aus ihm werden?"

Johanna brach zusammen. Josefine kam sofort angerannt und half der Freundin hochzukommen. Josefine versprach ihr: „Ich werde den Kleinen Danny erst einmal vom Kindergarten abholen und zu dir bringen." „Du geh' bitte schon Mal nach oben in deine Wohnung und lege dich hin.", sprach Josefine mit einer beruhigenden Stimme.

„Was soll nur aus dem Kind werden, er braucht doch eine Mutter.", weinte Hanna. „Bitte, es wird alles gut, das verspreche ich dir liebe Johanna.", sagte Josefine.

Da der kleine Danny Josefine sehr gut kannte, freute er sich, als er von ihr abgeholt wurde. „Wo ist Mama?", fragte er schnell. „Deine Mama ist nur etwas müde Denny, sie hat sich hingelegt.", antwortete die junge Frau. „Ist gut.", lachte der aufgeweckte Junge und schlenderte mit Josefine nach Hause. Johanna erwartete die beiden schon und rief: „Da seid ihr ja endlich!" Johannas Stimme war sehr schwach, man konnte es deutlich hören.

Das Kind sprang freudestrahlend auf das Sofa und wollte mit seiner Mutter spielen. Doch Hanna, wie sie von Josefine genannt wurde, atmete schwer und war froh, als der Kleine wieder ruhig mit seinen Autos spielte. Johanna sprach: „Fine, ich spüre, dass ich immer kraftloser werde, wir müssen uns einmal über Dennys Zukunft unterhalten." „Ich weiß schon, was du mir sagen willst Hanna, das Thema brauchen wir gar nicht erst zu diskutieren.", sagte Josefine. „Ich werde den Jungen zu mir nehmen und ihn großziehen.", antwortete sie mit ruhiger Stimme. „Aber vorerst steht dies noch nicht zur Debatte.", meinte Fine. Johanna konnte sich die Tränen vor dem Jungen nicht mehr verkneifen. Dieser kam angelaufen und drückte sie ganz fest.

Josefine musste wieder schnell in ihren Laden, denn sie erwartete schon ungeduldig die Stofflieferung. Ihre Mädels hatten sich schon gut vorbereitet mit den neuen Zeichnungen und Schnitten wollten sie zeigen was sie konnten und ihre Chefin nicht enttäuschen. Lotte, Klara, Gitte und Conni waren ausgebildete Schneiderinnen und auch schon auf Modenschauen angestellt. Sie waren schon ganz heiß darauf zu zeigen, was sie konnten.

„Ich fahre dann los!", rief Frank Schulte durch die Speditionshalle der Firma Ramottke. Heute hatte der junge Mann Stoffe geladen für ein kleines Geschäft, welches erst vor kurzem eröffnet wurde. Die Inhaberin Josefine von Beck wartete schon. Sie rief schon den ganzen Vormittag an und machte Druck. Doch die Stoffe kamen erst recht spät in der Spedition an. Der Lkw, der die Ballen aus Paris abholen sollte, hatte unterwegs eine Panne.

Frank fuhr los. Berlin war eine sehr moderne Stadt geworden. Viele Straßen hatten immer noch das alte Kopfsteinpflaster aus dem 19. Jahrhundert. Komischerweise konnten die Bomben aus dem zweiten Weltkrieg hier nichts ausrichten. An Josefines Nähstübchen angekommen, wurde Frank schon ungeduldig von Klara empfangen. Sie hastete zum Auto und stolperte fast in Franks Arme. Der junge Mann konnte sich das Grinsen nicht verkneifen. „Eine attraktive Frau.", dachte er. Klara war gerade 22 Jahre jung und unglaublich ehrgeizig. Sie wollte unbedingt zeigen was sie konnte. Bei Josefine war das kein Problem, denn Fine ließ die Mädels machen, was sie für richtig hielten.

Klara war die verträumtere von den vier Frauen. Sie wollte unbedingt irgendwann einmal eine Familie und Kinder haben. Aber im Moment war dies noch kein Thema. Gerne spielte sie in den Pausen auch mit Danny, der kleine Sohn von Johanna, der Hauseigentümerin und Verpächterin der kleinen Nähstube. In den drei Monaten des Ladenaufbaus hatte sie das Kind schon in ihr Herz geschlossen.

Josefine freute sich sehr über die wunderschönen Stoffe aus Paris, denn nun konnte es endlich losgehen. Tag und Nacht wurden Kleider und Röcke aber auch

Mäntel genäht. Alle Kleidungsstücke hatten einen Hauch von Nostalgie und erinnerten an manchen Schnittpunkten und Kragenausschnitten an die Mode des 19. Jahrhunderts. Ihre Großmutter Konstanze wäre sehr stolz auf sie gewesen.

Ein paar Tage später fand sich neugierige Kundschaft ein. Sie schauten sich um und waren schnell begeistert von der Qualität der Stoffe und dem Modestiel. Josefine stellte schnell fest, dass ihre Kundschaft gut betucht war. Das konnte ihr nur recht sein. „Haben sie auch Kostüme in meiner Größe?", fragte Frau Göring. „Aber sicher, ich werde einmal bei ihnen Maßnehmen.", entgegnete Klara schnell. Die Freude, ließ ihre Wangen rot leuchten.

Ruck, zuck hatte sie alle Daten der Kleidergröße. „Ein Kostüm mit schwarzer Spitze am Kragen und diesen etwas ausgeschnitten wünschte ich mir.", sagte Frau Göring etwas schüchtern. Sie bat noch um einen lindgrünen Stoff und sehr kurzem Rock. Da die Mode zu diesem Zeitpunkt auf

Mini eingestellt war und Frau Göring für ihr Alter noch eine tolle Figur hatte, konnte Josefine ihr den Wunsch nicht abschlagen. „Sie haben einen exzellenten Geschmack.", flüsterte Josefine ihr leise zu. „Vielen Dank.", antwortete die 50 jährige Dame. Josefine bot ihr an, doch in einer Woche wieder zu kommen für die Anprobe. Nochmals dankend, verabschiedete sich die Kundin.

Die Frauen machten sich sofort an die Arbeit. Es wurde gemessen, zugeschnitten und genäht was das Zeig hielt. Das Geschäft florierte und alle waren glücklich. Das Kostüm von Frau Göring wurde ein voller Erfolg.

Im Laden klingelte das Telefon am Tage darauf. Johanna war am Apparat. Sie brauchte dringend Hilfe und bat Josefine wieder um die Abholung des Kindes aus dem Kindergarten. „Ich hatte einen Schwächeanfall und sehr starke

Schmerzen.", klagte Hanna. „Mach dir bitte keine Gedanken, ich hole Danny ab und wenn du willst kann er bis Ladenschluss hier im Geschäft spielen.", antwortete Josefine. Hanna war einverstanden aber es blieb leider nicht bei dem einen Mal. Immer wieder war der drei Jahre alte kleine Junge unten im Laden, schaute zu wie genäht wurde und freundete sich hauptsächlich mit Klara an.

Josefine fuhr in ihrer freien Zeit mit ihrem Motorboot auf verschiedenen Berliner Veranstaltungen mit. Ein ausgefallenes Hobby für eine Frau, aber es machte ihr eben Spaß. Leider wird ihr eines Tages dieses Hobby Unheil bringen. Danny weinte oft in der letzten Zeit. Denn auch das Kind merkte, dass es seiner Mutter schlecht ging. Immer öfter mussten Josefine und auch Klara den Kleinen wieder auffangen. Es war Anfang Dezember, als Johanna ins Krankenhaus musste. Dort versuchte man sie etwas zu stärken und ihr die Schmerzen zu nehmen. Doch die junge Frau wurde von Tag zu Tag schwächer.

„Guten Morgen Hanna.", flüsterte Josefine von Beck ihr ins Ohr. „Oh, Fine schön dich zu sehen.", antwortete die totkranke Frau mit ungewöhnlich klarer und fröhlicher Stimme. „Fine, ich habe ein Testament gemacht. Es liegt in einem Wandtresor in meiner Wohnung.", sagte Johanna. In der Handtasche, die da drüben steht, ist der Schlüssel.", flüsterte sie nun. „Du hörst dich gut an Hanna.", stellte Josefine fest. Johanna sprach: „Ja, aber ich fühle, dass ich nicht mehr lange lebe, darum müssen wir schnell klare Verhältnisse schaffen.

Josefine redete mit ruhiger Stimme auf ihre Freundin ein: „Liebe Hanna, ich will nicht drängen, aber wäre es nicht besser ich würde mich jetzt schon um die Adoption des Kindes kümmern?" Auch Hanna entgegnete ruhig: „Genau dies wollte ich dir sowieso raten, denn ich weiß, dass ich nicht mehr lange leben werde." Josefine blieb noch etwas, bevor sie sich von der Kranken verabschiedete. Das Kind wollte sie aber vorläufig nicht mitnehmen.

Danny hatte sich schon gut in der Nähstube eingelebt. Während Hannas Krankenhausaufenthaltes, wohnte Fine in der Wohnung ihrer Freundin, um sich besser um den Dreijährigen kümmern zu können. Klara und sie wechselten sich oft ab, denn die Nähstube durfte nicht vernachlässigt werden. Die Aufträge liefen gut und die Kundschaft war begeistert von der ausgefallenden Mode, die hochelegant war.

Frank Schulte ging es an diesem Morgen nicht so gut. Er verspürte einen komischen Druck in der Magengegend. Nicht etwa, dass ihm schlecht war, nein im Gegenteil. Jedoch die Arbeit musste erledigt werden. Wieder führte ihn der Weg zur kleinen Nähstube von Josefine Beck. Dieses Mal konnte Klara nicht die Ware entgegennehmen, da sie Denny betreuen musste. Immer neue und schönere Kleider wurden in der kleinen Nähstube fertiggestellt. Die zahlreichen Kunden, vorwiegend reiche Kunden, gaben eine Bestellung nach der anderen auf. Etwas enttäuscht Klara nicht zu sehen, fuhr Frank wieder weg, nachdem er die Ware ausgeliefert hatte. Langsam wurde dem jungen Mann klar, dass dieses Gefühl, welches er hatte, keine Krankheit war, sondern ein Gefühl der Verliebtheit. Er hatte sich doch tatsächlich in Klara verguckt.

Es wurde nun Zeit, dass Josefine etwas unternahm. Der Zustand von Johanna verschlechterte sich von Tag zu Tag. Das Testament hatte Johanna gefunden und die Adoptionsunterlagen für den Jungen waren schon ausgefüllt. Mit dem schriftlichen Einverständnis von Hanna und unter diesen schlimmen Umständen, wurde es ihr leicht gemacht. Josefine ließ keine Zeit verstreichen und innerhalb von drei Wochen war die Adoption durch. In der Nähstube ging es hoch her. Das Weihnachtsgeschäft florierte und die

Mädchen gaben sich alle Mühe um ihr Bestes zu geben. Es fielen schon die ersten Schneeflocken vom Himmel und der Leierkastenmann spielte in der Kälte, genau wie damals, als ihre Großmutter noch lebte. „Hallo, Frau Nolte.", rief Josefine einer Kundin zu, die gerade in ihren Laden wollte. „Wie geht es ihnen, waren sie krank rief Fine mit einem Frösteln in der Stimme, denn es war eisig kalt an diesem Morgen.", Ja leider, ich hatte etwas länger und unerwartet im Krankenhaus gelegen.", meinte Frau Nolte, freundlich wie immer.

„Gestern wurde ich entlassen.", lachte sie. Frau Nolte runzelte die Stirn und überlegte: „Ich habe im Krankenhaus gehört, dass ihre Freundin Johanna nun künstlich ernährt wird, weil es ihr sehr schlecht geht." Josefine, die gerade den Schnell vor dem Laden fegte, ließ sofort den Besen fallen und rannte aufgeregt in den Laden. Sie konnte aus Zeitmangel ein paar Tage nicht ins Krankenhaus fahren. Sie machte sich Vorwürfe. Nur durfte sie sich jetzt vor den

Kunden nichts anmerken lassen. „Was kann ich denn für sie tun, Frau Nolte?", sprach sie die alte Dame an. Die etwas kleine und gedrungene Frau war schon Stammkundin bei Fine. Sie nähte alles selbst, sogar ihre Tischdecken und Kissenbezüge. Dazu suchte sie sich immer die schönsten Stoffe aus und ließ sich diese zuschneiden.

„Klara, Klara du musst Danny für ein paar Stunden beschäftigen, denn ich muss umgehend zu Johanna, ihr geht es schlecht.", rief sie nach hinten in den Raum, indem genäht wurde. Josefine konnte kaum ein verständliches Wort herausbringen: „Bau doch mit dem Jungen einen Schneemann im Park, dann ist er erst mal abgelenkt." Leise antwortete ihr Klara, denn die Frauen konnten keine Ablenkung gebrauchen: „Klar, mach ich doch, die Zuschnitte für die Aufträge sind ja schon fertig."

Die Tür von Hannas Zimmer stand offen. Hektisch liefen Ärzte und Schwestern hin und her. Josefine stand wie versteinert da.

Sie musste sich zusammennehmen. „Was ist los?", rief sie dem vorbeilaufenden Arzt hinterher. „Wer sind sie denn, ich gebe doch nicht jedem Auskunft.", sagte der Arzt. „Mein Name ist Josefine von Beck.", antwortete sie verängstigt. Sie machte dem Arzt Dr. Storm klar, dass Johanna ihre Freundin sei, mit der sie auch zur Schule ging. Weiter erklärte sie ihm, dass sie ihren Sohn adoptiert hatte. Mit bewundernden Blicken musste Dr. Storm nun erklären, dass Johanna im Sterben lag und dass man jeden Tag mit dem Schlimmsten rechnen müsse. Josefine von Beck betrat weinend das Krankenzimmer. Es war irgendwie anders. Ja, den Tod konnte man riechen. Sie konnte ihn riechen. Den gleichen Geruch hatte sie in der Nase, als ihr Vater starb.

Johanna hatte die Augen zu. Sie befand sich in einem Dämmerschlaf aus dem sie nicht mehr erwachte. Sie starb an Heiligabend. An diesem Heiligabend war man traurig, aber auch gleichzeitig froh, dass sich Hanna nicht mehr quälen musste. Der kleine

Danny dachte überhaupt nicht an seine
Mutter, sondern spielte ausgelassen mit
seinem neuen Spielzeug. Er tollte herum
und freute sich seines Lebens. Den
Heiligabend verbrachte Klara mit Josefine.
Klaras Eltern lebten im Ausland. Damals war
Klara gerade 18 Jahre alt, als Vater und
Mutter sich entschieden, ein Bistro in
Frankreich zu eröffnen. Seitdem leben sie
dort.

Das junge Mädchen nahm sich früh eine
Wohnung und wollte sein Leben selbst in
die Hand nehmen. Sie ließ sich nicht
überreden mitzukommen. Der Kontakt zu
ihren Eltern war dürftig. Jedenfalls hatte
sich der kleine Danny an beide Frauen
gewöhnt. Er sah Josefine als seine Mama an
und sagte auch oft zu Klara Mama. Ändern
wollte die beiden Frauen das nicht.

Es wurde Frühjahr. Die neuesten
Modevarianten wurden ausprobiert,
zurechtgeschnitten. Es wurde genäht und
immer ein Hauch von Nostalgie in die
Kleidung gebracht. Die Frauenwelt war

begeistert und sie rissen Josefine quasi die Klamotten aus der Hand.

Frank Schulte hatte es sich zur Aufgabe gemacht, die kleine Nähstube jedes Mal selbst zu beliefern, wenn die Stoffe ankamen. Auch an diesem warmen Frühlingstag, war der Lkw fast voll mit Stoffballen und Nähutensilien, sowie Ankleidepuppen für das Schaufenster. Da der Lastwagen schon ein gewisses Alter auf dem Buckel hatte, konnten die Mädchen im Laden hören, wenn er kam.

„Frank ist da.", rief Klara euphorisch. Sie rannte heraus und lief ihm lachend entgegen. „Hallo Klara.", grinste der junge Mann. Franks und Klaras Augen trafen sich und sie sahen sich minutenlang an. „Was ist denn los da draußen?", rief Josefine ungehalten. Sie wartete schon ungeduldig auf die Ware, denn es lagen schon wieder neue Aufträge vor. „Ja, ja ich mach schon.", antwortete der verliebte Fahrer. Frank fuhr wieder zurück und schaute noch mal in den

Rückspiegel, um eventuell noch etwas von Klara sehen zu können.

„Na, Klara, bist wohl verknallt oder?", fragte vorsichtig eine Kundin nach, die alles aus dem Laden heraus beobachten konnte. „Ja, bin ich wohl Frau Behrens, bin ich.", lachte die junge Frau.

Josefine war schon ganz aufgeregt. Sie hatte Klara beauftragt, auf Danny aufzupassen, denn es stand wieder mal eine Motorboot- Regatta auf dem großen Wannsee an. Sie hatte eine Einladung bekommen von einer Cousine aus Belgien. Ihr Onkel Sigmund zog damals mit seiner Familie nach Belgien um dort einen Weinberg zu übernehmen und ist für immer geblieben. Rosa ist zwei Jahre jünger als Josefine.

Außer hin und wieder eine Karte, hatte sie kaum Kontakt zu ihr. Sie hatten aber eine gemeinsame Leidenschaft. Diese Leidenschaft bezog sich auf den Motorboot-Sport. Am Tage der Veranstaltung war Fine über alle Maßen aufgeregt. Sie vergaß alles um sich herum. Rosa hatte viel Ähnlichkeit mit ihr, nur die Haare waren Blond statt Braun, wie bei Josefine. Aber was spielte das für eine Rolle. Der Menschenauflauf am Großen Wannsee war an diesem Sonntag enorm. Es war Mai und schon recht warm. Alle Sitz-und Stehplätze waren belegt und alle fieberten dem Start entgegen.

Seit 10 Jahren betreibt Josefine den, nicht gerade ungefährlichen Sport. Dazu musste sie einen Sportboot- Führerschein machen und brauchte auch eine Lizenz. Sie hatte damals von ihrem Vater einen Außenborder bekommen in Rot, ihre Lieblingsfarbe. Das Boot war offen und für Rundstreckenrennen ausgelegt. Der sogenannten Formel 125. Zwei Mal hatte sie dem Tod in die Augen sehen müssen, bei diesem Sport. Anfangs konnte Josefine mit der Schnelligkeit des Bootes nicht umgehen. Sie überschlug sich ein paar Mal und fiel ins Koma, aber man holte sie zurück.

„Wo ist Mama?", rief Danny Klara zu, die gerade in der kleinen Küche für den Jungen ein Essen zubereitete. „Mama kommt heute Abend wieder mein Schatz, sie muss noch arbeiten.", antwortete Klara. „Kannst du denn nicht meine Mama sein, Klara?", fragte er, in einer noch unvollständigen Sprache mit Berliner Dialekt. Es war herzzerreißend und gleichzeitig lustig.

„Aber Danny, natürlich kann ich deine Mama sein, aber du hast sogar zwei Mamas, das ist noch schöner.", meinte Klara mit einem fröhlichen Gesicht. „Du und Mama." „Ja, Danny.", lachte die junge Frau und nahm den Kleinen auf den Arm.

Die Woche begann hektisch. Viele Änderungen mussten in der kleinen Nähstube vorgenommen werden. Die Kunden belagerten förmlich den Laden. Es wurde zugeschnitten, anprobiert, getrennt und wieder vernäht. Das Geschäft florierte ordentlich. „Hallo, Josefine!", rief eine piepsige Stimme. Rosa, ihre Cousine war wieder in Berlin. Sie wollte Josefine einen kleinen Besuch abstatten. „Ich glaube, diese Stadt könnte mir sehr gefallen, denn Berlin hat eine Seele.", sprach sie leise. „Ach Rosa, komm doch einmal mit nach hinten, ich will dir die Nähmaschinen und den Arbeitsbereich der Mädchen zeigen.", sagte Fine.

Rosa ging mit und war begeistert. „Es sieht ja aus wie in einer Puppenstube. Die bunten Stoffe und die Ankleidebüsten sind ein ganz besonderer Blickfang." Josefine erklärte ihr, dass sie nur die edelsten Stoffe für ihre Kundschaft bereitstellen würde. „Aber der Grund, warum ich gekommen bin, ist folgender.", sagte Rosa. Sie erklärte Josefine, dass in acht Wochen wieder ein Rennen auf dem Großen Wannsee stattfindet und ob ihre Cousine denn Lust hätte, mit ihr daran teilzunehmen. „Da fragst du noch, Rosa, natürlich habe ich Lust.", lachte Fine. „Ich muss nur bis dahin mein Boot wieder flott bekommen, da stimmte schon beim letzten Rennen etwas mit dem Vergaser nicht.", meinte Josefine.

Rosa meinte, dass es doch für Fine kein Thema sei, diesen Schaden zu beheben. Freudestrahlend verabschiedeten sich die beiden Frauen und blieben bis dahin telefonisch in Kontakt. Fine dachte: „Komisch, ich verstehe nicht, warum ich nicht viel eher mit Rosa zusammengekommen bin."

Das Telefon klingelte in der Nähstube. Frank Schulte war am Apparat. Es wollte Klara sprechen. Aufgeregt und verliebt ging sie ans Telefon. „Hoffentlich merkt man mir nichts an.", dachte sie. Frank fragte sie, ob sie Lust hätte, mit dem kleinen Danny auf einen Sparziergang im Grunewald mit anschließendem Eis essen. Klara zögerte noch etwas, stimmte dann aber zu und der Kleine freute sich riesig.

Der Termin für das Rennen rückte immer näher und Josefine musste noch viel an ihrem Rennboot in Ordnung bringen. Sie besaß in Berlin ein altes Herrenhaus, welches sie von ihrem Vater geerbt hatte. Dem angeschlossen waren mehrere

Stallungen. Früher züchteten ihre Eltern einmal Pferde. Heute hatte Josefine diese Ställe umfunktioniert und reparierte ihr Boot und soweit sie es konnte auch ihren Privatwagen.

Der Vergaser ihres Bootes war völlig verschmutzt. Mühevoll reinigte sie ihn in einem Ultraschallbad mit entsprechenden Lösungsmitteln. Ungefährlich war die Angelegenheit für eine Frau nicht gerade. Man sah es Josefine nicht an, aber sie war zäh wie Leder. Es war nicht das erste Mal, dass der Vergaser Probleme machte und sie hoffte mit der Reinigung, dass Problem gelöst zu haben. Josefine war so dreckig, man hätte sie fast nicht wiedererkannt.

„Hallo, Fine!", rief eine freundliche Stimme hinter ihr. „Ach, Klara, wo kommst du denn her?", antwortete Josefine überrascht. „Frank und Denny sind auch hier, sie sitzen im Auto.", sagte Klara fröhlich. „Ich wollte nur Bescheid sagen, dass wir mit dem

Kleinen zum Grünewald fahren.", sagte
Klara. „Ich hoffe, du bist damit
einverstanden.", lachte Klara.

Natürlich war Josefine damit einverstanden.
Eigentlich konnte sie nur froh sein, dass ihr
Kind auch zu Klara einen guten Kontakt
aufgebaut hatte. Klara konnte die kleine
Nähstube ruhig für ein paar Stunden
verlassen, denn sie hatte gute Vorarbeit
geleistet. Außerdem hatte sie
verständnisvolle Kolleginnen. Josefine war
da sehr streng, denn der Laden musste
laufen. Ausfälle konnte sie sich nicht
erlauben. Dabei dachte sie ausschließlich an
die Mädchen, die hart arbeiteten in der
Nähstube.

„Alles klar Klara, ich wünsche euch noch
einen schönen Tag, haut schon ab.", lachte
sie. Kurz darauf fuhr Josefine in den Laden
zurück. Der Vergaser war gereinigt und sie
konnte das bevorstehende Rennen kaum
erwarten. Klara, Frank und Danny hatten
einen wunderbaren Tag. Sie gingen
anschließend noch zum Eis essen. Sie

unterhielten sich über ihre Zukunft. „Weißt du Klara, ich muss dir gestehen, dass ich mich in dich verliebt habe.", sagte Frank mit einem hochroten Kopf.

„Ich finde dich ja sehr sympathisch, aber der Funke ist leider bei mir nicht übergesprungen.", antwortete Klara. „Ich werde auf dich warten.", sagte Frank etwas niedergeschlagen. „Klara, willst du Frank heiraten?", quietschte Danny fröhlich. Sie mussten beide lachen und schauten sich dabei tief in die Augen. Klara wollte es noch nicht zugeben, aber sie musste sich jetzt doch eingestehen, dass auch sie Frank liebte.

Frank Schulte ließ nicht locker. Mindestens einmal in pro Tag, bevor er mit seinem klapprigen Renault 4 in die Spedition fuhr, kam er in die kleine Nähstube und wollte Klara sehen. Einmal kaufte er nur ein paar Maschinennadeln oder Garn, nur um mit der jungen Frau ins Gespräch zu kommen. Irgendwie tat Frank Klara leid. Diese Ausdauer und Geduld imponierte ihr.

Zudem empfand sie sein Äußeres als sehr attraktiv. „Komisch, dass mir das vorher nicht aufgefallen ist. Oder kommt es nur daher, dass ich so verliebt bin?", überlegte sie. „Frank, hast du Lust mit mir heute Abend essen zu gehen?", fragte sie den verdutzten jungen Mann, der sehr überrascht von ihrer Direktheit war.

„Aber ja, da fragst du noch Klara.", sagte er. Frank holte sie am Abend ab. Klara hatte eine kleine Zweizimmer Hinterhof Wohnung in einem Haus, welches tatsächlich noch zwischen dem 18 und 19. Jahrhundert erbaut wurde. Durch eine gründliche Außensanierung sah es aus wie neu gebaut. Klara hatte ihr schönstes Kleid angezogen. Ganz in schwarz, nur mit einer weißen Ansteck-Rose.

Klara war eine adrette junge Frau. Keine Schönheit, aber sie hatte etwas Anziehendes in ihrer Ausstrahlung. Frank war begeistert, als er sie sah, denn ihre Figur war einfach toll.

Josefine fieberte dem Rennen ungeduldig entgegen. Rosa nervte sie auch fast jeden Tag mit Anrufen. „Fine, bitte schau an deinem Rennboot alles richtig nach, damit nichts passieren kann, ein wenig Angst habe ich schon.", sagte Rosa. „Aber Cousinchen, denke so etwas gar nicht erst." Tatsächlich hatte Josefine alles gründlich nachgesehen und fertig gemacht. So glaubte sie, ein sicheres Rennboot für die kommende Regatta zu haben.

Das Berlin in den siebziger Jahren war nicht mehr vergleichbar mit dem Berlin im 19. Jahrhundert, als Konstanze noch lebte. Der Straßenverkehr hatte erheblich zugenommen. Die Mode ist bunt und natürlich können bei den Damen die Röcke nicht kurz genug sein. Die Beatles und andere Gruppen, machten die Radiosender unsicher und die Jugend verrückt.

Tragbare Radios und sogar Plattenspieler mit Batteriebetrieb wurden überall mit hingenommen. Nur in der kleinen Nähstube von Josefine, scheint die Zeit stehengeblieben zu sein. Der nostalgisch eingerichtete Laden, erinnerte immer wieder daran, als Konstanze, Josefines Großmutter in Berlin eine Persönlichkeit war. Fine, so nannte man die junge Frau oft, hatte ihre Großmutter vergöttert.

Sie tat alles um die Erinnerung an sie aufrecht zu erhalten. "Guten Tag die Damen.", ertönte eine freundliche Stimme. Eine ältere Dame, die gerade den Laden betrat, fragte nach, ob ihr neues Kostüm schon fertig sei. "Ja, Frau Breilmann, es ist gerade fertig geworden.", antwortete Klara von hinten aus dem Arbeitsraum. Die ältere Dame probierte es an und musste zu ihrem Entsetzen feststellen, dass sie wieder zugenommen hatte. Doch dies war kein Grund für das Team alles fallen zu lassen. Im Gegenteil, auch in solchen Situationen mussten sie die Ruhe bewahren und mit Freundlichkeit die Situation entschärfen.

Am Tage des Rennens, holte Rosa Josefine ab. Die Boote standen schon alle am Wannsee. Beide Frauen waren ausgelassen und freuten sich auf die Regatta. Im Cabrio von Rosa, sangen sie zu der neuesten Musik und alberten herum. Es war alles voller Leute, die um den See verteilt saßen und gespannt auf den Start warteten. Die Rennboote wurden noch mal gründlich auf Fehler untersucht.

"Mensch Rosa, ich bin so aufgeregt.", sagte Fine. "Wenn ich das Rennen wenigstens halbwegs gut überstanden habe, werde ich morgen mein Testament ändern und Klara mit dem Jungen, als alleinige Erben meines Vermögens einsetzen.", meinte Josefine. Anschließend gibt es ein schönes Essen für meine Angestellten und für dich Rosa.", lachte die junge Frau. Der Start rückte immer näher. Die Fahne wurde hochgehalten. Und los! Die bunte Flagge ging nach unten. Schneller und immer schneller flitzten die Boote, nein sie schwebten über dem Wasser. Sie berührten kaum die Oberfläche.

Josefine bekam zum ersten Mal richtig Angst, denn sie konnte das Tempo des Bootes nicht mehr regeln. Sie hatte es nicht mehr unter Kontrolle. Panisch, hielt sie sich am Ruder fest. In dieser ausweglosen Situation glaubte sie immer noch, dass sich alles zum Guten wendet, doch Josefine irrte sich.

Frank Schulte und Klara Lindemann trafen sich immer öfter und jedes Mal war der kleine Danny dabei. Aber die beiden hatten trotzdem immer riesigen Spaß zusammen. Den Kleinen hatten sie längst in ihre Herzen geschlossen. Klara hatte schon seit einigen Stunden ein unangenehmes Gefühl in der Magengegend. Dies bekam sie immer wenn ein negatives Ereignis bevorstand.

Das Boot geriet völlig außer Kontrolle. Josefine schaffte es nicht mehr. Alles ging furchtbar schnell. Kaum jemand hatte mit dem gerechnet, was nun geschah. Rosa fuhr mit ihrem Boot in einem sicheren Abstand zu Josefine. Gegen ihren Willen, musste sie mit ansehen, wie Fine verunglückte. Der Außenborder überschlug sich plötzlich in unglaublicher Geschwindigkeit mehrmals hintereinander. Der Motor fing Feuer und eine riesige Explosion schleuderte Josefine aus dem Boot, oder aus dem, was noch von ihm übrig blieb.

In Windeseile war die Rettungsmannschaft an Ort und Stelle. Sie holten Josefine aus dem Wasser. Mit schwersten Verbrennungen und Knochenbrüchen wurde sie ins nahegelegene Krankenhaus geflogen. Die Bootsregatta musste abgebrochen werden. Rosa fuhr so schnell wie möglich ins Krankenhaus. Sie informierte alle Mädchen und vor allem Klara. Sie war wie eine Schwester für Josefine. Auch Danny hatte viel Liebe und Zuneigung für Klara entwickelt. Das Telefon klingelte. Klara war gerade dabei, für den Kleinen Essen vorzubereiten. Immer wenn Fine unterwegs war, erklärte sie sich bereit, auf das Kind aufzupassen. "Klara, hier ist Rosa.", rief eine aufgeregte Stimme durch das Telefon. "Ja, was ist denn, sag schon Rosa.", antwortete Klara. " Ich weiß nicht, wie ich es dir sagen soll Klara.", erwiderte Rosa. Rosa versuchte Klara begreiflich zu machen, dass Josefine schwer verunglückt ist. Sie erklärte ihr wie es dazu kam und in welchem Krankenhaus sie liegt. " Bitte Klara, kannst du den anderen Bescheid sagen?", sagte Rosa und weinte heftig.

Danny wurde weiterhin Von Klara oder den Mädchen liebevoll betreut. Das Kind wusste von nichts und man wollte ihm auch nichts sagen. Später, wenn er erwachsen ist, wird er vielleicht verstehen wie alles zusammenhängt, dachte sich Klara. Denny verlangte auch nicht nach Josefine. Auch Klaras Verlobter Frank Schulte kümmerte sich so oft er konnte um den Jungen, als wenn es sein eigener Sohn wäre. Sie gingen spazieren, fuhren mit der Eisenbahn durch Berlin oder gingen in den Zoo. Auch ihn, verband sehr viel mit dem Kleinen.

Von Tag zu Tag, ging es Josefine schlechter. Ihre Verbrennungen und Brüche, waren zu schwerwiegend. Die Ärzte konnten ihr leider nicht mehr helfen. Man rechnete täglich mit dem Tod. Der zuständige Stationsarzt konnte nicht fassen, dass eine so junge Frau schon sterben musste. " Nun, sie war sich wohl nicht über die Gefahren im Klaren, die dieser Sport mit sich bringt.", dachte Dr. Wasner. Noch bevor Klara ihre Freundin im Krankenhaus besuchen konnte, verstarb Josefine an ihren schlimmen Verletzungen. Gut, dass sich die beiden schon vor ein paar Wochen ausgesprochen hatten. Es wurde besprochen, was geschehen sollte, wenn Josefine frühzeitig sterben sollte. Der grausame Tod von Fine, machte alle sehr nachdenklich.

Die kleine Nähstube musste weiterhin tolle Mode kreieren und Modelle nähen. Kurz gesagt, das Leben musste einfach weitergehen, so oder so. Danny durfte nichts merken von all den Sorgen. Er war ein neugieriger und wissbegieriger Junge, der sein kleines Köpfchen mit schönen Dingen voll hatte. Klara und ihr Verlobter mussten nun sehr schnell handeln. Da sie in den nächsten Wochen sowieso heiraten wollten, überlegten sie nicht lange und bestellten das Aufgebot. Dank der Hilfe von Rosa, konnte eine Adoption beschleunigt werden. Rosa hatte eine Freundin im Jugendamt, die den Fall bearbeitete. Das Amt stellte fest, dass nicht nur Klara, sondern auch Frank und all die anderen das Kind auffingen.

Die standesamtliche Trauung fand schnell statt. Denny streute Blumen und war guter Dinge. Klara übernahm kurze Zeit später die Nähstube und die Angestellten. Josefine hatte Klara ihr gesamtes Vermögen vererbt. Das schöne alte Herrenhaus war riesig. Die junge Frau, Frank und der kleine Danny waren nun eine Familie. Sie zogen in das Herrenhaus, es wurden auch wieder Pferde angeschafft und Danny lernte schnell reiten. Er war ein guter Schüler und ein rundherum glückliches Kind. Noch wusste er nichts von dem Schicksal seiner richtigen Mama und von seiner Adoptivmutter. Irgendwann würde Klara ihm alles sagen, aber jetzt sollte er erst mal seine Kindheit genießen.

Danny bekam noch ein Schwesterchen. Sie nannten die Kleine, sie hatte lange schwarze Haare, Konstanze.